Jens Korbus

Im Wohnpalast
Das Libellenauge

Die Deutsche Nationalbibliothek verzeichnet diese Publikation in der Deutschen Nationalbibliothek; detaillierte bibliographische Daten sind im Internet über http://dnb.d-nb.de abrufbar.

Umwelthinweis:
Dieses Buch wurde auf chlorfrei gebleichtem Papier gedruckt.

© 2020 Jens Korbus
Herstellung und Verlag:
BoD – Books on Demand, Norderstedt
1. Auflage
Layout und Cover: Manuela Wirtz, www.manuwirtz.de
Coverbild: 123rf-com, Hand painting in sumi-e style on white paper - dragonfly with blue wings drawn by watercolors von vvoennyy

Printed in Germany
ISBN 9783752686685

JENS KORBUS

IM WOHNPALAST

—————

DAS LIBELLENAUGE

Zwei Erzählungen

„Nicht mehr ich rede,
sie spricht auf mich ein!"
Günter Grass, Die Rättin

IM WOHNPALAST

Baldwin an Laurent

In meinem Hochhaus bin ich der Ansteckung permanent ausgesetzt! – Allein die lange Fahrt im Aufzug, um in den neunten Stock zu kommen! – Wer begegnet einem da nicht? – Wer hustet einem da nicht ins Gesicht oder betatscht einen mit seinen groben Pfoten, wenn er den Knopf drücken will, damit er aussteigen kann! – Warum heißen diese Häuser eigentlich Punkthäuser? – Ja, ich bin auch an einem Punkt angelangt, wo ich die Gefahr, die mich umgibt – vielleicht noch weit entfernt – nicht mehr aufhalten kann! – „Globale Entzündung" hatte der „Spiegel" getitelt. – „In der Krise richten sich alle Augen auf den Staat", aber ich bin allein in meiner Dreizimmerwohnung, da oben, fast über den Wolken mit Blick in das kleine Vorgebirge da draußen! Gewiss seid ihr alle toll, dass ich so lange nichts von mir hören ließ, aber Mails mag ich nicht und schreiben fiel mir bisher immer zu schwer. Heute habe ich im Penny-Markt nebenan Vorräte gekauft, Knäckebrot habe ich noch, davon kann ich drei, vier Wochen leben! – Ich stelle mir das Virus personifiziert vor: Ein Raubvogelgesicht, die Augen von schräg nach unten auf mich gerichtet, als wolle es mich hypnotisieren. – Trotzdem ein weiches Gesicht, wie krank, und Schatten unter den Augen. Lange Bartkoteletten, wie Klingenspitzen nach unten zulaufend und strähnig geschnittenes Haar, eher lang als kurz und vom Kopf abstehend. Das Böse war in mein Leben eingezogen! – Ihr glaubt vielleicht, ich lebe hier in Saus und Braus, aber ich habe euch ja geschrieben, wovon ich lebe. – Ach ja, eine Fünfliterflasche Chianti steht auch noch in meinem Wohnzimmer im Schrank. – In der Uni, gleich nebenan, soll es einen großen Ball geben, er sei nicht abgesagt worden! – Ich habe wieder angefangen zu rauchen, obwohl ich die schrecklichen Aufdrucke und Bilder auf den Schachteln sehe! – Seit fast zehn Jahren hatte ich keine Zigarette mehr angerührt! – Meine Nachbarin in der Wohnung nebenan raucht auch! – Vielleicht bin ich ein Medium des Virus? Ich war auf diesem Ball. – Es war Damenwahl. Ein hübsches junges Mädchen mit Wespentaille forderte mich auf. – Erinnerte mich an Hoffmanns Automatenfrau! Wir tanzten eine ganze Weile miteinander, und ihre Augen funkelten mich, aber doch leer, an! Ich verbrachte mit ihr den Abend, wir nahmen etwas von dem Kalten Büffet, wobei mich irritierte, dass die anderen mit ihren Händen dort auch hineingriffen.

Heute hat sich das Virus bei mir eingeladen und erzählt von seiner Wirkungsmacht! – Das Virus hat sein Erscheinungsbild vollkommen verändert. Es durchschaut mich und meine ganze Familienkette total. – Aus dem Osten? – Nun ja, da habe er es leichter! Naiv, gutgläubig, beeinflussbar, heimatlos! – An die komme es (das Virus) am besten heran! – Oder besser: Der Virusmann! – Ich sagte dem Virus, dass es sich getäuscht habe, ich sei genauso gefährlich und abgefuckt wie es, das Virus. Da wechselte es seine Gestalt und wurde zum Strizzi, zu einem Zuhälter mit rasierten Schläfen, ein Gelbrikett auf dem Kopf, bodygebildet und mit Tattoos auf Armen und Nacken! – Keckernd lachte das Virus über meine Selbstauskunft. Es sehe meine Psyche anders, da käme es leicht hinein, genauso wie in meinen Körper! – Sein schiefes Maul verzog sich bei diesen Worten! – Und es legte seine haarigen Hände auf die Schenkel, beziehungsweise auf die schwarzen künstlich gelöcherten Jeans! – Ich sah, dass er eine Zigarettenkippe zwischen den Fingern hatte, eine selbstgedrehte, die bis auf einen winzigen Rest aufgeraucht war. – Er warf sie auf meinen Berberteppich und zertrat sie! – Blickte mich dabei herausfordernd an. „Gibt es eine dunkle Macht, die so recht feindlich und verräterisch einen Faden in mein Inneres legt, woran sie uns dann festpackt und festzieht auf einen gefahrvollen und verderblichen Weg, den wir sonst nicht haben würden?" – Vielleicht war es das Phantom meines eigenen Ichs! – Nichts ist, wie es scheint, man braucht nur Kant zu lesen! – Nur Kant? – Das reicht! – Ist das Virus vielleicht schon in meinem Inneren angelangt und wartet die bekannten zwei Wochen, bis es dann endgültig ausbricht? Ich merke noch nichts, habe auch kein Fieber! Diese objektiv-unheimliche Ausweitung von außen soll in meinen Körper gelangen? – Nun könnte ich getrost mit meinem Brief fortfahren, aber die Gestalt des Virus sitzt immer noch mir gegenüber auf meinem Zweisitzer und beginnt wieder zu sprechen: „Es ist unsinnig, gegen unsereiner etwas zu unternehmen, die ganze Erdkugel ist voll von uns, und wir mutieren immer wieder! – Ändern unsere Gestalt, unser Gesicht, unsere Wasserstoffverbindungen und unsere Angriffswut! Ihr schafft uns nicht weg, und wenn ihr uns bekämpft, gegen uns gibt es noch kein Mittel! – Du weißt überhaupt nicht, ob du hier oben noch einmal herauskommst, der Staat neigt generell in Sicherheitsfragen dazu, seine Machtbefugnisse zu erweitern! – Ob die jemals wieder rückgängig gemacht werden? Monate von Anstrengung, Stress und Ausnahmezustand stehen euch bevor!"

Auf der anderen Seite der Stadt liegt ein großes Altenheim der AWO. Die Flure sind hellblau oder rosa gestrichen und tragen Blumennamen, Sonnenblumenweg! – Da darf man überhaupt nicht mehr hinein! – Die Alten dürfen die Wohnanlage nicht mehr verlassen! – Uniformierte Freiwillige kontrollieren die Ausgänge. Die Lebensmittel werden per Messenger-App im Supermarkt bestellt und von Motorrollerfahrern ausgeliefert. – Nur wer einen Passierschein hat, darf sich frei bewegen.

Heute Nacht träumte ich von einer schweren, dunklen Hand oder Kraft, die mich von hinten niederrang, als ich in das frühere Wohnzimmer meiner Eltern ging. – Ich wusste nicht, war es mein naher Tod oder jemand, der dort auf mich gewartet hatte? – Ich konnte kaum atmen, war vielleicht auch gar nicht mehr da. Versuchte mich zu bewegen, es ging nicht! Druck von hinten auf die Brust! Dann schaffte ich es aufzuwachen! – Hatte Gänsehaut auf dem Kopf und auf dem Rücken! – Sogar hier und jetzt beim Aufschreiben!

Odina an Baldwin

Wahr ist, dass du mir lange nicht geschrieben hast, Baldwin! Leider habe ich deinen Brief unabsichtlich geöffnet, weil ich nicht wusste, dass er für Laurent war. Eigentlich hätte ich nicht weiterlesen dürfen, sondern den Brief meinem Bruder geben müssen. Aber meine Neugierde war zu groß. Mein sonst so ruhiger Schlaf wurde von deinen seltsamen Visionen, von denen du erzähltest, zerstört. Mit dem Virus müssen wir alle fertig werden. Aber das Schreckliche und Entsetzliche, wovon du erzähltest, ging nicht in deinem Inneren vor, sondern in der wahren wirklichen Außenwelt. Natürlich verknüpfte sich in deinem Gemüt das Virus mit allerlei Gespenstergeschichten aus deiner Kindheit. Es ist das Phantom unseres eigenen Ichs, dessen innige Verwandtschaft und dessen tiefe Einwirkung auf unser Gemüt uns in die Hölle wirft oder in den Himmel verzückt. Deine Ängste existieren nur in deinem Inneren, das Virus aber ist in der Außenwelt absolut gegenwärtig. Spräche nicht aus jeder Zeile deines Briefes die tiefste Aufregung deines Gemüts, könnte ich über manche deiner Visionen lächeln. Du musst dir auf jeden Fall Fieber messen. Zu erwägen wäre auch, inwieweit dein „Wahnsinn" eine besondere Form von „Wahrsinn" darstellt, beziehungsweise auf eine Fähigkeit verweist, die Dinge tiefer zu sehen, als es den normalen Menschen möglich ist. Unser Liebesglück wird jedenfalls durch das Virus nicht gestört werden.

Lass die Selbstgewissheit deines gesamten Verstandes nicht angreifen. – Natürlich kann das Virus Grauen hervorrufen. Längst überwundene, primitive Überzeugungen kommen im Menschen wieder hoch. Ich habe gerade noch einmal in die „Kritik der zynischen Vernunft" hineingeschaut! Das Virus wird die ganze Weltordnung ändern! Es ist auch eine Warnung: Ich kann noch mehr! Diejenigen, die sterben, sind die, die noch die Vergangenheit erlebt haben. Der Reiseverkehr bricht zusammen, die Leute werden wieder Höhlenmenschen! Besinnt euch auf das, was wesentlich ist!

Laurent an Baldwin

Odina hat deinen Brief gelesen. Ich helfe gerade einem jungen Mädchen mit meiner Webcam durchs mündliche Abitur in Deutsch. Sie hat drei Spezialgebiete, mit denen man die Schüler schon vor fünfzig oder hundert Jahren bedrückt hat. Büchners Woyzeck, E.T.A. Hoffmanns Sandmann und Goethes Faust! Sie braucht acht Punkte, um das Abitur zu bestehen. Aber ich denke, sie wird mindestens vierzehn, also eine glatte Eins, machen. Ich habe jetzt Hoffmanns Sandmann zum ersten Mal gelesen. Er hat eine große Affinität zu dem, was jetzt geschieht. Eine solche Pandemie ist für jeden eine Projektionsfläche für sein eigenes Ich. Das, was du geschrieben hast, ist unscharf und verzerrt und entspringt einem einsinnigen Wirklichkeitsbegriff. Das Auge ist der Spiegel der Seele. Was wir über das Virus wissen, wissen wir nur aus dem Fernsehen. Es ist die Bestimmung des Gegenstandes durch die Art des Mediums. Das hat schon Kant gewusst und viel klarer und einfacher gesagt. Deine Vorstellungen sind Phantome deines Ichs, die augenblicklich zerstäuben, wenn du sie als solche erkennst. Das habe ich im Sandmann gelesen. Im „Spiegel" stand der Satz: „Die Ausschweifungen derer, die sich unsterblich fühlen." – Ich sehe sie selbst jeden Abend von meinem Balkon aus und wie sie von Polizisten in weißen Vans weggefahren werden, um in benachbarten Stadtteilen ausgeladen zu werden und dort ausschwärmen, um zu klauen. In dem Artikel stand auch: „Der Mensch verliert sehr schnell alle Menschlichkeit, wenn es ihm an den Kragen geht und doch zeichnen sich Einzelne gleichzeitig aus, als über-menschlich."

Baldwin an Laurent

Was ich dir und Odina, Laurent, geschrieben habe, ist die Frucht eines langen zwölfstündigen Nachdenkens. Du weißt, ich bin ein Anhänger von Freud, und der sagt, dass das Subjekt immer einer fremden unheimlichen Macht, dem „Es", unterworfen ist. Man kann nicht alles Unerklärliche für nicht-existent erklären. Und du kannst „die Phänomene" weder durch Vernunft noch durch Lachen fortbannen. Während die Supermärkte leergeräumt sind und man nur eine Packung Reis und einmal Knäckebrot mitnehmen darf, sieht man draußen die verwaisten Straßen, so leer und unheimlich. – Daneben im Fernsehen, in fast jedem Programm die Werbung! Schöne Menschen, die sich schminken, parfümieren, Klamotten tragen und konsumieren! – Wer soll denn noch konsumieren? – Ich? – Du, Laurent? Mein Geldberater, den ich nach der Sicherung des Festgeldes fragte, sagte: „Wenn es ganz schlimm kommt, wird sowieso alles Geld, auch das angelegte oder das auf dem Festgeldkonto, wertlos! – Sollte es Licht am Horizont geben, werden es uns die Börsen als erstes signalisieren, und es ist egal, wo man sein Geld geparkt hat! – Mein Inneres wusste, dass wir abhängig sind, aber jetzt weiß es auch mein Bewusstsein! – Das Virus hat uns hellsichtig gemacht! – Du sagst immer: „Die Basics, mehr brauchen wir nicht", und du hast Recht! – Wir werden eine Bevölkerung bekommen, die das, was wir hier schreiben, nicht mehr versteht! Ich verstehe mich ja selbst nicht mehr. Ich habe mir vorgenommen, in deinem Kopf als Schutzgeist zu erscheinen und das hässliche Virus, sollte es dir etwa im Traum beschwerlich fallen, mit lautem Lachen fortzubannen. E.T.A. Hoffmann hat es im Sandmann gut beschrieben. „Es ist, als griffe eine schwarze Faust in unser Leben und risse irgendeine Freude heraus, die uns aufgegangen ist." Das Virus hat dich getäuscht, denn es waren deine eigenen Augen, die vor Angst brannten. „Clara", sagte E.T.A. Hoffmann, „hat wohl Recht, dass sie mich für einen abgeschmackten Geistesseher hält; aber närrisch ist es doch – ach wohl mehr als närrisch!" Besser kann man seine Ängste nicht besänftigen. Von dem Virus geht eine starke Kraft aus, die dich dazu drängt, dir selbst zu schaden! Das Virus will die Welt verändern, nicht nur dich! – Ich kann ein Lächeln nur mühsam unterdrücken. – Deine Nachhilfeschülerin hat in ihrer mündlichen Abiturprüfung also nicht nur die acht Punkte gemacht, sondern vierzehn. Das ist eine glatte Eins!

Was mir Probleme bereitet, ist das Ausbleiben meines Mittagessens auf Rädern. Sie können die Hochhäuser nicht mehr beliefern. Jetzt muss ich von meinen Büchsen leben, die ich mir gekauft habe. – Der Kontakt zu meinem Freund und Berater Doktor Harnischfeger fehlt mir auch. – Ich muss mir von den Leuten hier im Haus anhören, dass ich vielleicht schon infiziert sei, ohne die Symptome zu zeigen. – Weil ich so oft draußen war. – Auch auf diesem Ball! – Ich habe den Leuten das gleiche vorgeworfen.

Heute Nacht träumte ich, ich sei auf dem Geburtstag einer Baronin eingeladen. Ihr Haus liegt unten am Fluss. Ich gehe hin und sehe dort das Mädchen mit der Wespentaille, mit dem ich auf dem Uni-Ball getanzt habe. Sie ist nicht allein, sondern steht dort mit einem Typen namens Zopp, den ich von der Autorengruppe her kenne. – Ich gehe in der Gesellschaft zur Baronin, die noch ziemlich jung ist, gebe ihr meine neueste digitale Kamera und sage: „Ich bin Schriftsteller! – Wann darf ich Ihnen meine Bücher vorbeibringen?" – Sie sagt: „Nachts um halb zwei!" – Ich gehe wieder aus dem Raum und sehe, wie Zopp mit dem Wespentaillen-Mädchen hineingeht. Zopp ist sehr engagiert, und das Mädchen hat mich wohl gesehen. Jetzt, beim Aufschreiben, wird mir klar, dass Zopp einer ihrer möglichen Liebhaber sein könnte. Aber sie hatte mich, wohl mit aller Umsicht, getäuscht! – Mir fällt alles so ein, wie Kekulé die ringförmige Benzolverbindung als tanzende Männchen im Traum eingefallen ist.

Der Herausgeber an den Leser

Aus dem tiefsten Grunde seines Schreibtisches holte Baldwin alles hervor, was er jemals geschrieben hatte. Stundenlang saß er im Wohnzimmer seines Wohnturms und starrte in den Fernseher oder auf den Computerbildschirm. Er dachte an das Mädchen mit der Wespentaille, an dessen gänzliche Passivität und Wortkargheit. – Was sind Worte, Worte? – Dachte er. Wenn die Einschränkungen des Alltags durch das Virus nicht aufgehoben sind, sitzt er noch heute da. Es muss weitergehen. – Nächstens mehr.

Baldwin an Odina

Eine junge Frau hat sich zu mir hinauf in den neunten Stock geflüchtet, eine ehemalige Klientin von mir, denn ich habe in der Innenstadt eine kleine psychoanalytische Praxis. – Sie stand heute vor der Tür und wollte, dass ich mit ihrer Psychoanalyse hier oben fortfahre. In meiner Wohnung! – Nur sie und ich! – Vielleicht ist sie infiziert! Wie soll das gehen? – Wenn man erfährt, dass eine Bekannte hier eingezogen ist, muss ich sofort in Quarantäne. – Sie beharrt darauf, bei mir zu bleiben, sie wisse sonst nicht wohin! – Ich habe ihr im Gästezimmer auf der Couch ein Bett gemacht. – Ich wusste, dass die Beziehung zwischen Therapeut und Klientin mit der Zeit immer enger wird. Man denke nur an Sabina Spielrain und C. G. Jung!

Heute haben wir mit der ersten Sitzung, sie im Liegen, ich zu ihrem Haupte, begonnen. Sie erzählte von ihrer Kindheit in einem Haus am Fluss. Die Angst ihrer Mutter, dass sie in den Strom fallen könnte, sie und ihre drei nur wenig älteren Brüder. Einmal kam einer der Brüder nicht aus der Schule zurück, weil er mit dem Nüssesammeln beschäftigt war. – Die Angst, die sich ihr körperlich mitteilte. – Dann der Umzug in eine andere Stadt. Die Lehrerin prügelte. Erste Freundschaften, die auseinandergingen, weil sie niemanden nach Hause bringen durfte. Angeblich wohnten in ihrer Straße nur Bauern. – Ich erzählte ihr, was sich in einer Psychoanalyse abspielt, der Wechsel von Übertragung und Gegenübertragung! Ich erklärte ihr ganz offen, mit welcher Gegenübertragung, vielleicht

18

auch Vorurteil, ich an sie heranging. Unser Spiel hier oben hat schon etwas sehr Gewagtes! Der Therapeut und seine Klientin leben in derselben Wohnung und eröffnen sich gegenseitig ihr Inneres. Früher oder später kann es vielleicht noch enger werden. – Ob sich die Beziehung je wieder lösen wird? – Ich erinnerte mich, während sie vor mir auf dem Sofa lag, wie ich eine junge Freundin verlor, als ich auf Anraten „einiger Freunde" in eine der damals modernen Gruppentherapien ging, die von einer Perserin geleitet wurde. – Ich lernte während dieser Therapie ein junges Mädchen kennen, das dieser Perserin sehr ähnlich sah. Meine Gruppentherapie hatte uns zusammengeschweißt. – Als meine alte Freundin sich besann und zu mir zurückkehren wollte, mit nichts als einem Koffer, um neu anzufangen, habe ich sie weggeschickt. – Sie hat sich dann, Jahre später, mit einem Roman an mir gerächt.

Ich erklärte Anna, so hieß meine neue Mitbewohnerin, meine Gegenübertragung, denn ich spürte, dass ihr etwas an mir lag. Du hast es mit einem Mann zu tun, sagte ich, neidisch, eifersüchtig, nach Liebe und Achtung hungernd, tyrannisch und so voller Widersprüche, dass er seinem besten Freund den Tod wünschen kann, natürlich unbewusst. Mit der sogenannten Wissenschaft habe ich nichts zu tun. Ich erzählte ihr von meinem ersten Erlebnis mit Ursula Schmitz auf einer Bank am dunklen Flussufer. Viel hatten wir uns damals nicht getraut. Erst später im VW 1500 meines Vaters. – Als ich dann studierte, kam sie jedes Wochenende mit dem Zug in mein Studentenheim.

Ich kann Nähe nicht ertragen, sagte Anna, Nähe ist mir fremd, weil ich Nähe zu einem Mann nie kennengelernt habe. Wenn einer Nähe sucht, ist er für mich schwach.

Aber sie erzählte mir doch, was sie alles erlitten hatte. Nur im Laufe der folgenden Tage traten immer wieder Unklarheiten auf, die mich ratlos machten. Vor allen Dingen konnte ich mir nicht erklären, warum sie bei zwei Therapeuten vor mir die Behandlung abgebrochen hatte. Sie hörte plötzlich auf zu sprechen. Was war in diesen beiden Therapien passiert? – Ich hatte Anna bisher immer für ein neutrales Wesen gehalten. Ihre Krankheit hatte sie nachdenklich gemacht. Ich begann zu verstehen, dass ich es mit einem kaum erkennbaren Unbewussten zu tun hatte. – Ich sagte ihr, damit ich sie besser verstünde, müssten wir eigentlich etwas zusammen erleben oder uns kennenlernen. Das Virus da draußen zwingt uns noch enger aufeinander, und die Dämonen unserer Gesinnungen verwringen sich miteinander. Nur als ehrliche Freunde und gute Kameraden ließ sich das Leben hier oben im neunten Stock des Wolkenkratzers ertragen. Meine Auffassung vom Leben würde ich mir von niemand nehmen lassen, selbst wenn sie es versuchte. Wir waren eingeschlossen, wie bei Sartre!

Sie erzählte mir darauf einen Traum, in dem sie in einer ziemlich hübschen Großstadt auf der Straße war, die vor einigen Häusern neben einem Fluss verlief. Es herrschte jahrmarktsartige Stimmung. Zwei Freundinnen von ihr gehen in ein Kino, und sie soll nachkommen. Als sie das Kino erreicht, sitzen sie in einer der hinteren Reihen, neben ihnen sind noch Plätze frei. Ich musste mir vorher noch was zum Knabbern kaufen, fuhr sie fort. Auf der Rückseite des Kinos, fast gegenüber der Leinwand, war ein großer Stand, ähnlich einem Bücherladen. Es gab dort Nussecken, Trockenkuchen und Plätzchen. Sie

kaufte eine Art Karamelldrops, der aber aus hellem Nuss-
eckenteig hergestellt war. Die Verkäuferin sagte: Diese
Drops sind nicht umsonst! – Inzwischen hat sich das Kino
gefüllt. – Sie schob die Handtasche einer gerade zur Toi-
lette gegangenen Besucherin nach links und setze sich auf
den freien Platz neben ihrer besten Freundin.

Ich sagte zu Anna: Schildern Sie mir genau die einzelnen Schritte, die Sie beim Erwachen zurückgelegt haben!
– Sie sagte, die hübsche Stadt am Rhein sei natürlich
ihre Heimatstadt. Ihre Freundin, Elisabeth Buck, sei eine
großgewachsene Freundin aus ihrem Studium gewesen,
mit der sie einmal eine Nacht in einem Bett zugebracht
habe, als sie in Bonn noch kein Zimmer gefunden habe.
– Eine „Auswahl" habe sie sich im Leben nie gewünscht,
habe immer das nehmen müssen, was da war oder wenig
gekostet habe. – Nussecken seien ihr Lieblingsgebäck. Zu
„nicht umsonst" sagte sie, sie habe alles, was andere ihr
erwiesen haben, teuer bezahlt. Nichts in ihrem Leben sei
umsonst gewesen, aber sie habe es sich mit großer Bit-
terkeit einmal im Leben gewünscht. – Das Kino sei ihr
Lebenstraum. Sie wusste nur nicht mehr, welcher Film in
ihrem Traum gelaufen war. Sie vermutete aber, es sei der
Jesus-Kolossalfilm „Das Gewand" gewesen, weil Ostern
war. – Die katholische Kirche hatte sie in ihrer Kindheit
fest im Griff gehabt. Und sie habe sich nur mit viel Mühe
aus deren Klammergriff befreit. Mir selbst war es mit der
evangelischen Kirche nicht anders gegangen. Nur die
Gestalt Luthers hatte mich länger fasziniert. „Ihr führt ins
Leben uns hinein, / ihr lasst den Armen schuldig werden",
zitierte sie Goethe.

Ich mache hier Halt, um die wahre Person, die hinter Anna steht, nicht aufzudecken. Der Traum war weder affektlos noch unverständlich. Ich habe in meiner Praxis noch nie ein so unzensiertes Stück innerer Wirklichkeit zu hören bekommen. Den Rest hatte sie vergessen. Aber sie sagte, man höre ja, dass man nichts ohne Grund vergesse! – Sie fragte mich, wie ich zu ihr stünde, und ich erwiderte: Wie Freud zu seiner Frau, und ich zitierte: „Ich meinte, wie viel vom Zauber deines Wesens sich in deinem Gesichtchen und in deiner Gestalt ausdrückt, wie viel es in dir zu sehen ist, was nur auf das Gute, Edle und Vernünftige in deiner Seele zu deuten ist.“

Wir ließen uns Zeitungen kommen und machten den Fernseher an. – Der erste Schock der Pandemie, der mich mit dem ersten Schub so hart getroffen hatte, schien vorbei zu sein. Ich habe davon in meinem ersten Brief geschrieben. Auch Anna ist nach Erzählung und Deutung ihres Traumes ruhiger geworden. Aber ihre Symptome, die ich mit Hilfe der Suggestion zum Verschwinden brachte, kamen immer wieder. – Sie sagte, wir sollten es mit einer engeren Beziehung versuchen, ein Tabu in unserer Branche! – Aber unser beider Leben hier oben ist durch Nähe und Aussprache über den Nullpunkt gestiegen. –

Am Abend erzählte sie mir einen neuen Traum. Sie sollte eine Stelle als Assistentin bei dem (inzwischen verstorbenen) Professor St. in Göttingen bekommen. Ich wohnte in einem kleinen Häuschen, fuhr sie fort, ähnlich einem Stall. In eines der zwei Zimmer musste noch ein Bett gestellt werden. Ein anderer Professor musste mich vor Antritt der Stelle noch prüfen. Er kam zur Tür heran und begann gleich mit der Prüfung, während ich hin und her ging. Am Anfang ging alles gut. Ich brachte alle meine Kenntnisse an, erschien eigentlich besser, als ich war. – Dann holte ihn sein Assistent zum Mittagessen ab. – Der zweite Teil der Prüfung begann. Bis auf einige mittelhochdeutsche Übersetzungen hatte ich alles hinter mir. Wir gingen nur ins germanistische Seminar und dort in eins der zum Park hin gelegenen Zimmer. Der Professor hatte vergessen, über was er mich eigentlich prüfen wollte, und gab mir ein ganz anderes Thema. Ich schaute auf den Text, war gehemmt und sagte nichts.

Ich deutete ihren Traum als Warnung davor, sich weiter mit mir einzulassen. Mit Dauer unseres weiteren Verhältnisses ist möglicherweise eine weitere dauernde Prüfungssituation für sie verbunden. Eine Assistentenstelle an der Uni schien ihr Spaß zu machen, aber nicht bei diesem Professor, der wenig später als Parteimitglied geoutet wurde. Was war Freud denn anderes als ein Schriftsteller gewesen, der über seinen Ehrgeiz und seine eigene Traumatisierungen seiner frühen Kindheit schrieb. Das ging mir erst jetzt auf, denn seine psychoanalytischen Exegesen und Texte waren besser und tiefer als die von Joyce und Proust, die sich beide an ihm orientiert hatten. – Ich war sehr früh und sehr eng mit meiner Mutter verbunden gewesen, seit mein Vater gestorben war! Mein Vater ist später in keinem meiner Träume wieder aufgetaucht!

Odina an Baldwin

Du musst verrückt sein, Baldwin! – Die Psychoanalyse ist die Krankheit, die sie zu heilen vorgibt, sagt Karl Kraus. Und ich stimmte ihm zu. Lass die junge Frau gehen und komm zu mir, deiner Schwester, die dich wieder aufpäppeln wird. Aber lass dich vorher testen! Die Psychoanalyse ist für mich zu dogmatisch. Sie bringt Dinge und Sachverhalte zusammen, die weder inhaltlich noch sprachlich zusammengehören! – Die Sprache lässt es ja zu. Die Sprache lässt alles zu! – Auch die Fake-News, die als sogenannte „Erklärungen" durchs Internet über den Globus dringen. China, Russland, die Finanzwirtschaft, die Pharmaindustrie und wer sonst noch alles sollen ein Interesse daran gehabt haben, die Welt durcheinander zu bringen. Das Kausalitätsprinzip ist in der reinen Vernunft des Menschen verankert, und so suchen wir nach Ursachen – für alles und jedes! Aber das Kausalitätsprinzip kommt nur von uns. Was du da mit dieser jungen Frau anstellst, die dir zugelaufen ist, ist schlimmer als ein Verbrechen! – Eine so enge Beziehung, in der man sich gegenseitig seine Träume und seine Vergangenheit erzählt.

Baldwin an Odina

Anna erzählte mir, drei Tage nach ihrer schweren Operation habe sie einen Traum gehabt, der immer wieder käme und den sie bis heute nicht vergessen habe. Sie war in einem kellerartigen Gewölbe und lieferte sich Schusswechsel mit irgendwelchen Kerlen. Sie kam aber ganz gut davon. Plötzlich beim Hinausgehen legt einer der Burschen seinen Revolver auf eine weißlich schimmernde Zinnblechbüchse, in die der Revolver genau hineinpasst, greift ihn dann wieder und feuert zweimal auf sie. Er trifft sie in die Brust. Sie spürt den Einschlag der zwei Kugeln. Ein Arzt mit einem hohen Hut kommt gleich dazu. Da man nichts zum Desinfizieren hat, macht man den Revolver heiß und legt ihn auf die Wunde. Mit einer schmalen Zange fährt der Arzt in die Einschusslöcher und holt zwei bräunliche zusammengequetschte Geschosse heraus, die sie sich ansieht und befühlt. Anschließend feiert sie ihre Genesung mit zwei Freundinnen in einem Weinkeller.

Ich deutete den Traum als Wunsch, mit einem Arzt, der sie vor zwanzig Jahren operiert hatte, wieder in Kontakt zu kommen. Sie wollte gerne zurück in die Klinik, wo sie wie ein Säugling gefüttert wurde. Die Zinnblechbüchse erinnerte vielleicht an ein Krankenhausrequisit. Ein Karnevalsrevolver lag auch in ihrer Wohnung auf einer Konsole und verriet wahrscheinlich Mordphantasien. Das Hineinfahren mit der schmalen Zange in die Geschosslöcher könnte vielleicht ein sexuelles Motiv bedeuten. Vielleicht weist es auch auf eine Kniepunktion zurück, die sie mit zwölf Jahren erfahren hatte. Diese Punktion war ja auch eine kleine Operation und wurde durch die größere wieder erinnert. Das Cowboykostüm ist auch eine Karnevalsverkleidung. Und sie war immer gern auf Karnevalsbälle gegangen. Ihre erste Assoziation bei dem Wort Revolver war ein gewisser Oberst Repenik, der in der Vera-Brühne-Affäre eine Rolle gespielt hatte. Ihre Gedanken führten weiter zu der Assoziation eines Repetiergewehrs, einer Winchesterbüchse und einer Luftbüchse. Luftbüchse erinnerte sie an Karl Luft, einen Mitabiturienten, der Medizin studiert hatte und ein guter Internist geworden war. Er hatte sie ein paar Mal untersucht und sie zu ihrer Operation in die Klinik eingewiesen. Ihre nächste Assoziation war: Nur ein Arzt kann mich retten! Sie dachte an diesen Mitschüler als eine hinterhältige Existenz, die jetzt Doktor war, obwohl er in der Schule weit schlechter gewesen war als sie. Zu den zwei Kugeln aus dem Revolver fiel ihr das Wort „Rehposten" ein. Sie dachte an die Jagd und ein paar masochistische Kinderphantasien. Sie dachte aber auch an einen Pfosten, an den man das hilflose Reh als Köder für Raubtiere für einen diplomatischen Sonntagsschützen band.

Mein Gott, dachte ich, die inneren und sprachlichen Verzweigungen einer menschlichen Seele kann man niemals auflösen. Die Deutung dieses Traums, so gewagt sie ist, führt sich selbst ad absurdum. Denn wer sagt mir, dass ich nicht zwei Minuten später grundsätzlich andere Assoziationen haben könnte. Natürlich auch sie. Mit Freud allein kommt man nicht weiter. Es muss eine moderne Form der Seelenheilung geben oder erfunden werden.

Laurent an Baldwin

Trotz deiner Frondierung gegen Freud, Baldwin, muss dir da oben klargeworden sein, dass die geringste Fehleinschätzung deiner Klientin sich rächen wird. Die Übertragung der Gefühle findet sich in den meisten zwischenmenschlichen Beziehungen auch in der zwischen dir und deiner Klientin, wahrscheinlich von verschiedener Intensität. Ich habe das Gefühl, dass Anna ein Geheimnis hat, das keiner wissen darf, aber jeder erraten soll. Dafür streut sie Anhaltspunkte aus, lässt Hinweise fallen. Das Unbewusste ist präziser als jeder Wissenschaftler. Was lässt dich deinen Versuch, ihr zu helfen, so beharrlich fortsetzen? Ich nehme an, ihre Sprache ist voll imaginativer Gebilde und Halluzinationen, obwohl sie so nüchtern und praktisch denkt. Ich denke, manchmal wird sie Ausdrücke gebrauchen, die man nur in der Vorstadt hört. Ich bin sicher, ihre Neurose hängt mit frühen Vorkommnissen in ihrem Leben zusammen, die sie vergessen hat. Sie möchte wahrscheinlich das Verlangen stillen und gleichzeitig die Lust an ihrer Quelle vergiften. Das schließt einen ungewöhnlich starken Mutterinstinkt nicht aus. Gibt es denn nicht in jedem Leben einen Dämon der Wiederholung? – Dieser Dämon ist abgründig konservativ. Sage Anna, dass wir für unser Fühlen nicht verantwortlich sind. Ich glaube, Anna trägt auch eine schwere Schuldbelastung. Diese Schuld ist natürlich imaginär und nicht wirklich. Das Unbewusste vollzieht immer vorgeschriebene Riten, um das befürchtete Böse abzuwenden. Mit Bewunderung und Respekt rächt es sich an geliebten Personen, indem es ihnen eine unerträgliche Existenz bereitet. Es stellt ihnen Traumrätsel wie die Sphinx, Rätsel, die unlösbar sind, und die du doch in unser Alltagswissen zu übertragen versuchst. Freud hat das einmal „Allmacht der Gedanken" genannt. Eine Allmacht, die in Wirklichkeit dem Wünschen zugehört. Wahrscheinlich wird sie sich früher oder später in die „Kunst" flüchten, einem Gebiet, in dem in unserer Kultur noch die Allmacht der Gedanken erhalten geblieben ist. Die künstlerische Illusion ist für den Künstler etwas durchaus Reales und trotzdem Magisches. Über l'art pour l'art kann ich nur lachen.

Baldwin an Laurent

Anna ist wieder in ihre Wohnung in der Innenstadt gezogen, direkt neben meiner jetzt geschlossenen Praxis. Unser Versuch ist gescheitert. Sie hat in den drei Wochen ihres Hierseins eine Verschlossenheit und doch Assoziationsfähigkeit gezeigt. Sie behauptet, Schuld daran sei dein letzter Brief an mich. Zum Abschluss kam das Ganze, nachdem sie mir ihren Traum vom Vortag erzählt hatte.

Sie träumte, wir säßen in einem großen Zimmer, ähnlich meinem Praxisraum, nur aus der Perspektive der Couch gesehen. Es sollte irgendetwas mit dem Stadtteil zu tun haben, in dem sie vorher gewohnt hatte. Es ist eine größere Gesellschaft, Professor Anton, wohl auch Professor Kurz, wir sitzen und plaudern. Anton ist ermüdet. Er will sich ausruhen und kommt zu mir auf das Praxisbett, legt sich neben mich, so dass sein Kopf tiefer als ich zu liegen kommt. Er schlingt seinen Arm um meinen Körper und wird zärtlich. Ich, sagte sie, schwanke wohl zwischen Abwehr und Rührung!

Als ich sie nach ihren Assoziationen fragte, sagte sie, der Traum beweise, dass wir beide auf immer zusammengehörten. Ich kenne solche Übertragungsphänomene aus anderen Analysen. Daraufhin nahm sie, ohne ein Wort zu sagen, ihre Sachen und verschwand. Eben rief sie mich aus ihrer Wohnung an und teilte mir mit, dass sie wiederkommen würde. Ich denke mir, dass die Übertragung der mächtigste Teil der Analyse ist. Aber sie weigerte sich, das anzuerkennen. Übertragungen sind Neuauflagen, Nachbildungen von Regungen und Phantasien, die während des Vordringens der Analyse erweckt und bewusst gemacht werden sollen. Meistens werden darin frühere Personen durch die Person des Arztes ersetzt. Ihr Traum zeigt eine ziemlich kunstvolle Art der Sublimierung. Wahrscheinlich hat ein Nicht-Verstehen oder eine Nachlässigkeit von mir ihren Weggang beschleunigt. Ich machte mir ein Abendessen, legte mich zu Bett und hatte in der Nacht einen noch merkwürdigeren Traum als sie.

Ich war unterwegs, irgendjemand hantierte mit einem Trommelrevolver aus dem Jahr 1871. Es war auf dem Heimweg von meiner alten Schule in meiner Heimatstadt. Plötzlich ist der Revolver wieder da. Wir wollen ihn ausprobieren. Irgendjemand drückt auf jemand anders ab und trifft ihn in die Schulter. Ich weise auf die Uniklinik hin. Wir gehen nachts in die Ambulanz, die sich jedoch in der Örtlichkeit der orthopädischen Männerstation befindet. Es ist dort ein unheimlicher Andrang. Ich frage, wer der diensthabende Arzt ist. Man antwortet mir: Dr. Kelz. Ich laufe schnell hoch auf seine Station, denn ich kenne ihn persönlich. Ich mache die Tür auf, da sehe ich eine Ärztin, umgeben von Frauen und assoziiere einen Kinderwagen. Es ist Frau Dr. Kelz, die Nachtdienst hat. Kelz ist also mit einer Ärztin verheiratet.

Mir fiel dazu ein, dass ich vor vierzig Jahren von einem Dr. Kelz in der Uniklinik an beiden Knien operiert worden bin. Deutlicher als in Annas Traum steht Kelz hier als Ersatz für den Wunsch, wieder in die Klinik zurückzukehren. Diesen Wunsch habe ich ja damals offen ausgesprochen. Warum aber im Traum nochmal verhüllt? Es muss mehr dahinterstecken. Kelz war der einzige gewesen, der mir bei meiner Knie-geschichte geholfen hatte. Ein Vater-Freund-Ersatz. Die Art und Weise, wie er damals von der Stärke der Schmerzmittel sprach, erinnerte mich fatal an einen Mediziner, mit dem ich im Studium befreundet war, und dessen Art Werturteile zu fällen. Dieser Mediziner hieß Leopold. Nach größerem Widerstand gegen die Traumdeutung fiel mir ein: Wenn Dr. Kelz eine Frau Dr. Kelz wäre, könnte ich ähnliche Bande anspinnen wie zu den beiden hübschen Krankenschwestern, die mich damals betreuten. Zu einer Frau Dr. Kelz wäre ein intimer Kontakt auch leichter und legitimer, ja vielleicht sogar natürlicher gewesen. Vielleicht gibt es auch einen Eifersuchtskomplex gegenüber Kelz' Frau, die täglich mit ihm zusammen sein kann. Und der unbewusste Wunsch, mit Kelz durch Kontakt mit seiner Frau inti-mer befreundet zu sein. Wenn ich ihm die Frau weg-nehmen würde, wäre er gezwungen mit mir Kontakt aufzunehmen, um sie wieder zu bekommen. Dahinter steht wohl auch die Neugierde, wie sie wohl aussehen mag. Man muss dazu sagen, dass vier Wochen später in der Uniklinik eine Nachuntersuchung stattfand, also eine erneute Begegnung mit Kelz, bei der im Unbewus-sten alle vorher ausgeführten Gedanken aktiviert wer-den konnten.

Ich höre im Fernsehen, dass die Verdopplungzeit der Ausbreitung dreißig Tage beträgt. Ich hoffe aber, dass das Anna davon abhalten wird, so schnell wieder hier nach oben zu kommen. Eben hat Anna wieder angerufen. Mir fällt dazu ein, dass sie gern aus dem Hintergrund agiert, um zu zeigen: Ich bin immer da und um dich herum! Im Gegensatz zu dem, was sie redet, und ihrer ganzen Art des Seins sagt ihre Gestik: Von mir bekommst du auch Beifall! – Was soll man aber in einer solchen Zeit, in der man in seine Wohnung verbannt ist, anderes tun, als sich mit seinen Träumen beschäftigen.

Ich hatte mich mit ihr vor dem Spiegel fotografiert, als wären wir Geliebte. Ich im Hintergrund den Arm mit der Kamera um ihren Hals geschlungen. Ihr schweres, braunes Haar fiel über meinen anderen Arm. – Ich hatte mir von dem Bild Abzüge machen lassen und ein Foto in meinem Schlafzimmer mit Stecknadeln an die Wand gepinnt. Die Löcher der Nadeln waren noch heute da. Ich dachte manchmal, dass meine Selbstachtung abhängig von diesem Bild gewesen war. Ich hatte Anna von dem Bild und dieser Beziehung vor ihr erzählt. Welcher Psychotherapeut war je so ehrlich? Welcher war je so ehrlich, seine gesamte Gegenübertragung vor seiner Klientin aufzublättern? Meine Lehranalyse habe ich bei einem russischen Amerikaner gemacht! Voller Ideen, voller Auflehnung gegen jedwede Art von Autorität. Sein Vater hatte noch auf Seiten der Weißen gegen die Bolschewiken gekämpft, musste dann aber Russland verlassen und emigrierte nach Paris. Hier wurde er 1927 geboren. Die Familie besaß nichts. Sein Vater, der weder „Citizenship nor Fatherland" hatte, also staatenlos war, schlug sich als Wachmann durch. Seine baltendeutsche Mutter hatte Modedesign in Berlin studiert, das Studium aber abgebrochen und dann schnell geheiratet. Da hatten zwei heimatlos in die Welt Geworfene endlose Geschichten über ihre Kindheit und

Jugend zueinander gefunden. Die Mutter meines Coaches, „unknownst to herself", erzählte von den historischen Verwicklungen, durch die sie als junges Mädchen hindurchgegangen war. Der Erste Weltkrieg war ein zentrales Thema in vielen ihrer Monologe. Der Vater meines Coaches war „old-fashioned, maybe quite possessive and somewhat jeallous". Er sah, dass seine Frau die Familie ernährte, ihn und die Kinder. Sie bekam einen Job als Sekretärin bei einem lokalen deutschen Rekrutierungsbüro, und nur dank ihrer Kenntnis in Stenografie und der deutschen Sprache konnte sie die Familie über Wasser halten. Sein Vater brachte das Geld, das seine Frau verdiente, mit seinen aristokratischen Freunden, er musste in Russland mit Fürst angeredet werden, in verschiedenen Pariser Nachtclubs durch. Er musste dort elegant gekleidet auftreten, und seine Frau nähte ihm die Anzüge dafür. Sie weigerte sich aber, dorthin mitzukommen. Meinem Coach gelang es schließlich, Abitur zu machen und nach Ende des Krieges in Marburg Medizin zu studieren. Er schloss sein Studium in Löwen in Belgien ab, lernte wie sein Vater auch eine deutsche Frau kennen, heiratete sie, wanderte mit ihr nach Amerika aus und wurde dort Therapeut. Diese Geschichte fand großen Widerhall bei Anna. Sie erzählte mir, dass sie schon einige Analysen abgebrochen habe und dass erst die Geschichte meines Coaches volles Vertrauen bei ihr erzeugt habe. Sie sagte, im Augenblick könne sie sich nicht weiter zu meiner Geschichte äußern, aber sie habe gerade an das Virus denken müssen. Vielleicht würde es eine Gesellschaft entstehen lassen, in der die Menschen nur Wert darauf legten, ihre Probleme auf ihre eigene Art zu lösen, in der sie auch ihre

Bedürfnisse vereinfachten. – Eine Änderung der Verhält-
nisse nicht durch politische Macht zu erstreben; denn sie
würden damit nicht klüger umgehen als ihre Vorgänger. –
Indem sie diese Welt mit Hilfe sanfter, aber eindringlicher
ethischer Sanktionen festigten, und nicht durch politische
oder militärische Gewalt. – Indem sie als Vorbilder leb-
ten! – Indem sie die Arbeit aus Zwang auf ein Minimum
reduzierten! Ich fragte sie, was sie auf solche Gedanken
gebracht habe. Sie antwortete, die Erzählungen über meinen Coach und den Ersten Weltkrieg.

Odina an Laurent

Was Baldwin da oben in seinem Wohnpalast macht, ist weder Psychoanalyse noch Traumdeutung! – Er deckt die Intelligenz der Anderen mit seinen Klang-, Wort- und Satzketten zu! Mir scheint, er kann die Erschütterungen nicht ertragen, die er im Anderen anrichtet unter dem Vorwand, dass er ihn retten will. Vielleicht sogar wegretten in eine andere Welt! In die Welt des Virus! Der National- staat ist in Europa wieder da. Man hat nicht den Eindruck, dass die Planung einer neuen, besseren Zukunft begonnen hätte. Es ist, als mache erst das Virus begreiflich, in was sich die Menschheit mehr oder minder bewusstlos hin- einmanövriert hat. Wieso zerstören wir sehenden Auges unsere Lebensgrundlagen? Die stillen Straßen werden die Politik verfolgen. Warum hat man die Lebensräume bestimmter Tierarten zerstört? Die Rückkehr in die Sorg- losigkeit wird ein Traum bleiben. Nachhaltigkeit wird das Schlüsselwort der Epoche sein.

Zurück zu Baldwins Problemen, die seine „Technik" mit sich bringt. Die Praxis stellt den Analytiker täglich vor Aufgaben, zu deren Bewältigung weder das theo- retische Wissen allein noch auch die praktische Erfah- rung hinreichen. Der sogenannte Kranke muss zunächst erfahren, dass er sich wehrt, dann mit welchen Mitteln und am Schluss wogegen. Heute weiß man, dass dieses Bewusstmachen, die „Deutungsarbeit", der falsche Weg ist. Ein falscher oder unklar eingeleiteter Fall ist nur schwer, häufig gar nicht mehr zu retten. Ich sehe bei die- ser jungen Frau, dass sie Krankheiten bei sich selbst und bei anderen nicht zur Kenntnis nimmt. Vielleicht sind wir überhaupt nicht in der Lage, über Vorgänge zu berichten, die uns dennoch nachgewiesenermaßen verstärken, oder wir geben eine Darstellung, die in direktem Widerspruch zu objektiven Beobachtungen steht. Wir können ebenso über eine äußerst unangenehme Art von Vorgang berichten, welcher sich jedoch in seiner Wirkung als verstärkend erweist. Beispiele einer solchen Anomalie reichen vom Masochismus bis zum Märtyrertum. Diese Worte sind nicht von mir, sondern von dem berühmtesten Verhaltenspsychologen der Welt: B. F. Skinner.

Baldwin an Odina

Gerade wollte Anna in die Stadt, und ich bin ihr einfach nachgegangen. Sie trug eine rote Jeans und ein weißes T-Shirt mit einem angebissenen Apfel auf der Brust. In der Stadt war nicht viel los, aber sie musste doch dem einen oder anderen Passanten ausweichen. Sie trug rote Sneaker, und weil sie schnell lief, wippten ihre langen schwarzen Haare hin und her. Von allen Seiten strömten jetzt Menschen in die Stadt, denn man hatte die Beschränkungen seit gestern gelockert. Sie blieb kurz stehen, um den Bus durchzulassen und wirbelte ungeduldig mit den Händen. Sie blickte sich kurz um, sah mich aber nicht, denn ich war hinter eine Litfaßsäule geschlüpft. Wenn ich doch nur den Mut gehabt hätte, sie aufzuhalten. Ich zwang mich, ihr hinterherzugehen. Sie hätte das, was ich machte, indem ich ihr hinterherlief, mit der psychoanalytischen Kur wohl nicht vereinbar gefunden. Sie hatte mir einmal erzählt, dass sie der Kunst leben wollte, nicht der gewinnbringenden Kunst, sondern der Kunst schlechthin. Sie machte auch kleine Figuren aus Porzellan, die aussahen wie Kastrationswunden, so hatte Freud das weibliche Genital bezeichnet. Jetzt auf der Straße hatte sie etwas Merkwürdiges in Gesicht und Haltung. Sie hatte mir einmal erzählt, dass sie den starken unbewussten Wunsch hatte, zu heiraten, der sich aber mit ihrer Identität als Künstlerin nicht vertragen würde. Es fing an zu regnen, und sie hatte ebenso wenig einen Schirm dabei wie ich. Ich sah, wie sie sich den Regen von der Oberlippe leckte. Sie ging in einen nahen Supermarkt und kam mit einer Flasche Cola zurück. Sie ging in das nächste Bekleidungsgeschäft. Ich wusste nicht, wie lange ich ihr hier draußen noch hinterherschnüffeln sollte, ich war doch schließlich ihr Psychoanalytiker. Sie drehte sich plötzlich um und sah mich. „Spionierst du mir hinterher?" fragte sie. Bisher hatten wir uns immer gesiezt. Hatte sie etwas getrunken? Sie wirkte beschwipst. Ich überredete sie, in den Wohnpalast zurückzukehren, und wir setzten dort die Analyse fort. Während sie anfing zu reden, fühlte ich mich niedergeschlagen. Anna war mit meiner geschiedenen Frau nicht zu vergleichen. Ich wusste, dass meine Gegenübertragung immer noch stark war. Wenn einer meiner psychoanalytischen Romane auf die Bestsellerliste käme, wäre ich reich, Freuds Traum. Ich durfte aber auch nicht vergessen, dass Anna Psychoanalytiker immer als Arschlöcher bezeichnet hatte. Ich sagte ihr, während sie vor mir lag, vielleicht könne sie diese Psychoanalyse vor einem Abgleiten ins Nichts bewahren. Sie sei es wert, dass ich sie zu retten versuche. Sie erwiderte darauf, das komme für sie überhaupt nicht in Frage. Ja, die Jungs habe sie schon immer gemocht. Aber die Jungen waren noch unzuverlässig, würden sich abwenden, wenn sie genug hätten. Im Grunde würde sie auch gerne heiraten, aber die Freundschaft mit einer Frau müsse daneben bestehen. Alles zusammen gäbe ihr aber nur die Kunst. Ich erwiderte, dass ihr Unbewusstes eine andere Sprache spräche und dass sie zum Heiraten und für Kinder geboren sei. Ich fügte hinzu, dass sie ihre eigene Macht nicht kenne, das sei das Gefährliche. Ihr Unbewusstes habe diese Macht, nicht weil sie so hübsch sei, sondern es verstanden habe, in ihrer Welt zu bleiben. Sie drehte sich auf der

Couch um und sagte: „Dich zwinge ich auch noch!" Ich hatte lange gewartet, bis der Widerstand gegen mich, den es in jeder Psychoanalyse gibt, sich zeigen würde. Jetzt war er da. Ich sagte ihr das, und sie erwiderte, ihr Widerstand habe mit mir nichts zu tun. Sie nannte mich einen alten Schleimer. Ich erwiderte, ich könne das aushalten, so wie es jeder Psychoanalytiker in meiner Lage gemacht hätte. In einer Psychoanalyse geht es zwischen Klient und Therapeut oft zu wie in einem Boxring. Ich musste aber doch aufstehen und mich kurz vor die Balkontür stellen. Die kalte Aprilluft tat gut. Ich atmete tief durch. Unten fuhr ein Bus vorbei, die Menschen darin trugen alle Masken. Ich stand dort zwei Minuten und ging wieder hinein. Sie hatte sich auf meiner Psychoanalytiker-Couch nicht bewegt und erzählte sofort einen Traum aus der vorausgegangenen Nacht. Sie ging mit ihrer Freundin spazieren. Es war eine Landschaft in einem heruntergekommenen Stadtteil ihrer Stadt. Der Weg führte über Trümmerbrocken. Irgendwo in der Nähe gab es Sümpfe. Sie kamen an ein verfallenes Haus. Ein Mädchen, etwas unbeholfen, kam heraus und fragte sie nach ihren Eltern. Es erklärte, dass sie nicht in den Sumpf kommen dürfe.

Zu der Frau, die aus der Tür trat, fiel ihr eine jugoslawische Krankenschwester ein, die Bizerka hieß und die sich bei ihrem weit zurückliegenden Krankenhausaufenthalt sehr um sie gekümmert hatte. Kaum hatte sie das erzählt, da fiel ihr ein anderer Traum ein, der unmittelbar auf den erzählten gefolgt war. Sie war nachts aufgewacht und hörte Geräusche. Im gleichen Zimmer, durch einen Wandschirm abgetrennt, schlief ihr ehemaliger Freund Rudolf. Plötzlich klopft es an der Tür.

Sie macht arglos auf. Ihre Vermieterin steckt den Kopf herein und sieht die beiden schlafenden Personen. Sie schimpft, weil sie das Zimmer nur an eine Person vermietet hat. Anna streitet ab, dass es noch eine weitere Person im Raum gibt, obwohl man diese sieht. Sie weiß nicht, was sie machen soll, drängt die Vermieterin hinaus und verriegelt die Tür.

Anna fiel beim Erzählen nur der damals vorangegangene Umzug in das neue Zimmer ein. Auch, dass sie das Zimmer auf Anweisung der Vermieterin neu gestrichen hatte. Als ich sie fragte, was sie noch mit dem Traum verbinde, erwiderte sie, der Freund Rudolf erinnere sie an einen anderen, besser aussehenden Freund, der Thomas Salland hieß. Rudolf war rothaarig, Salland aschblond. Sie berichtete, dass sie solche aschblonden Jungen immer gern gehabt habe. Ich selbst bin schwarzhaarig. Ich denke inzwischen, dass die Traumanalyse etwas Makaberes hat und von uns völlig außer Acht gelassen werden kann. Mitten in meine Gedanken hinein sagte sie, ihr Traum wäre besser von Doktor Freud analysiert worden. Mein Gott, Freud mit seinem fünfhundertseitigen Traumbuch. Sie fuhr fort, der Traum assoziiere bei ihr die Kriegserlebnisse ihres Großvaters. Mit sechzehn in die SA eingetreten, mit siebzehn in den Krieg. Partisanenbekämpfung in Rumänien, weil er so linientreu war. Was das hieß, konnte man in jedem Buch über die Ostfront nachlesen. Zweimal schwer verwundet und doch retteten ihn Rumänen auf ihren Pferdewagen. Gefangennahme durch die Russen, dann fast fünf Jahre Arbeit in einem Bergwerk in Sibirien. Der Wachmann rief die Gefangenen einmal in der

Woche zusammen, streute etwas Tabak und Zigaret-
tenpapier auf den Tisch und sprach von den Vorzügen
des Systems. Als ihr Großvater 1950 entlassen wurde, schlief er mit ihren zwei kleinen Brüdern in einem
Bett; es gab keinen Raum. Er fing ein Studium auf der
Ingenieurschule an, beendete es auch, fand aber keinen
Job. Schließlich bot man ihm doch eine Stelle an, bei
Sager und Wörner in Wiesbaden. – Mein Gott, sagte
sie, wozu mache ich diese teure, komplizierte Psychoanalyse, wenn anschließend der Staat durch Krieg und
Kriegsgeschrei auf mir herumtrampelt? Ich erwiderte,
ihre Analyse sei auf keinen Fall umsonst. Das, was sie
über sich erfahren habe, könne ihr keiner nehmen, und
sie könne es an andere weitergeben. Sie fragte mich, ob
ich den Roman „Plexus" von Henry Miller gelesen hätte. Ich erwiderte, natürlich kenne ich den Roman. Aber
ich hoffe, dass sie nicht so ins Abseits gleite, wie der
junge Protagonist mit seinen Erfahrungen. – Mein Gott,
sagte sie, die Assoziation treibe uns Gott weiß wohin!
Es muss lustig gewesen sein, wie die Freudianer sich
gegenseitig analysierten und dem Unbewussten ihrer
Gegenüber die monströsesten Eigenschaften zuscho-
ben! – Psychoanalyse ist eigentlich nichts für mich. Ich
dachte daran, wie mich selber Not und Ausweglosigkeit
in die Hände dieses russischen Amerikaners getrieben
hatten, bis ich selber wusste, was Psychoanalyse war!
Wir tranken zusammen eine Tasse Kaffee in meiner kleinen Küche hier oben im Wohnpalast und sahen
aus dem neunten Stock hinunter auf die Leute dort
unten, die jetzt fast alle Masken trugen. – Sie sagte
noch einmal, am liebsten wäre sie von Freud selbst

analysiert worden, der hätte solche jungen Frauen wie sie gemocht und wohl auch wieder gesund gemacht. – Ich erwiderte, eine Neurose sei keine Krankheit, sondern eine Bezeichnung dafür, was in jedem Menschen lebt. „Die Neurose, das ist der Mensch", sagte ich, deshalb hätten sich Freuds Gedanken auch auf der ganzen Welt so schnell verbreitet. Freud selber habe aber durch Wutausbrüche und Weinkrämpfe dabei kräftig nachgeholfen. Von Freud stamme der Ausdruck „belle indifférence der Hysteriker". – Ob sie mir nicht ihren letzten Traum erzählen wolle. – Sie ging darauf nicht ein, sondern wollte wieder einiges über meine Gegenübertragung wissen. Was wir machten, sei mit der orthodoxen Psychoanalyse nicht zu vereinbaren, aber was ich ihr über mich und meinen Coach erzählt habe, habe ihre Heilung vorwärts gebracht. – Dann begann sie, mich über meine Mutter auszufragen, das heikelste Kapitel in meiner Seelengeschichte. Meine Mutter hieß Gerda, hatte schweres rotblondes Haar und eng zusammenstehende Augen mit bläulichen Schatten unter den Augenwinkeln. Sie hatte, neben meinem Vater, auch Liebhaber und war eine Frau ohne Gewissen. Sie hatte eine Art, ihre Männer, die zu uns ins Haus kamen, mitleidlos anzusehen, und man empfand eine seltsame Beklommenheit bei ihren Reden. Sie spielte Geige und verbrachte auch manchen Nachmittag im Musikzimmer unseres großen Hauses. Sie war nervös und kannte die merkwürdigen Zustände. – Die hätten Freud aufs Äußerste interessiert, sagte Anna, aber fertiggeworden wäre er mit ihr auch nicht. Meine Mutter heiratete einen wohlhabenden Getreidekaufmann. Manchmal änderte sich, mitten in der Rede, der Ausdruck ihres Gesichts zu kaum merklichem, grausamem Spott, und ihre Augen richteten forschend auf ihr Gegenüber. Ich bekannte, dass selbst ich manchmal große Angst vor meiner Mutter hatte. Sie verstand sich ein wenig auf das Unglück, brachte aber ihre Familie und auch ihren Mann gut durch. Sie war Lehrerin. – „So eine Frau habe ich vor Jahren in Billy Wilders Film „Frau ohne Gewissen", der 1943 gedreht wurde, gesehen", sagte Anna. „Es gibt eine esoterische Verknüpfung zwischen der Stimmungslage und dem Film, den ich gerne nochmal sehen möchte. Ich habe viel davon vergessen."

Odina an Baldwin

Ich kann dir den Film erzählen, Baldwin, wenn du ihn nicht bekommst. Vielleicht ist es die Nähe der weiblichen Hauptfigur zu deiner Mutter, die dich bei Annas Erzählung aufhorchen ließ. Und vielleicht strahlt auch Anna diese Nähe aus. Es ist einer der besten Filme Wilders. Ein Menschenleben bedeutet wenig, und in dem Film herrscht ein Pessimismus, den ich dir nicht wünsche.

Es beginnt mit einer Aufnahme von Autos auf den Straßen von Los Angeles. Männer mit hochgeschlagenem Mantelkragen, Hüte, wie unser Vater sie trug! – Dunkle Schwarz-Weiß-Atmosphäre! – Auf dem Schreibtisch: Lucky Strike aus der Schachtel! Eine altmodische Tonaufzeichnungsmaschine.

Der Held spricht: Das Bild dazu erscheint! Blick- und Wortgespräch zwischen Fred McMurray und Barbara Stanwyk. Toll und atmosphärisch fotografiert! – Die Möbel der frühen Vierziger! Wie Barbara Stanwyk in ihrem weißen Kleid hin- und hergeht! – McMurray ist ein gutaussehender Typ. Die Balustrade an seinem Arbeitsplatz könnte auch in Deutschland gestanden haben. – Heute würde die Einschaltquote einen solchen Film wegbeamen! – Tête à tête auf dem Plüschsofa: Das „blonde Gift"! Ein Gesprächsfilm, Hitchcocks „Cocktail für eine Leiche" erinnert daran! – Das Mordkomplott: Von ihm ausgesprochen, von ihr erstmal „abgelehnt"! – Rückblenden: Nachdem er „abgelehnt" hat, kommt sie zu ihm! Schließlich der Kuss, der das Komplott besiegelt: Champagner! – Die

Beziehungsszenen stark unterkühlt gespielt. – Vor der offenen Fenster: Symbolischer Regen! – Immer wieder Schnitte zurück auf das Tonband, auf das er spricht. – Ihr Mann mit Whisky! Eine Unfallversicherung für ihn wird abgeschlossen. Das Gespräch im Supermarkt: 1943! Da lagen in Deutschland die Städte in Schutt und Asche. Edward G. Robinson und Barton Keyes: Robinsons Gesicht, eine Filmikone! Die Off-Stimme ist eigentlich ein Gedankenstrom! – Der „Unfall" wird vorbereitet. Das Zugabteil: luxusbequem! Murray hat Keyes gespielt und springt aus dem Zug. Dann legen die beiden den vorher Ermordeten auf die Gleise. Sie wollen vom Tatort weg, aber erst springt der Wagen nicht an: Suspense! Sie sagt: „Es ist doch alles gutgegangen!" Die Versicherung diagnostiziert Selbstmord, aber es gibt kein Motiv. Robinson, der „Freund" des Täters, zweifelt an der Selbstmordtheorie. – Erster Shotdown: Robinson äußert seinen Verdacht, Barbara Stanwyk steht abgeschirmt hinter der angelehnten Tür. Aber Robinson deckt alles auf, die Zigarre zwischen den Fingern! Das Verbrecherpaar trifft sich im Supermarkt. Was eine Sonnenbrille für eine Symbolkraft hat! Was für eine Rolle die Zigaretten spielen! – Aussprache unter Bäumen mit der Tochter des Ermordeten. Immer wieder lange Raumsequenzen. – Ein Gesprächsfilm! – Zweiter Shotdown: Barbary Stanwyk sitzt in einem vaginalgeformten Sessel. Ist die Frau schuld? 1943! Hinter dem Sinnlosen steht immer das Böse! Dann bringen sie sich gegenseitig um! – Er spricht vor seinem Tod noch sein Geständnis in Gegenwart Robinsons auf Tonband: „Jeder Mensch kann mal versagen!"

Ich kann nur auf meinen vorletzten Brief verweisen, in dem ich Karl Kraus zitiert habe. Es ist das Gefühl von leerer Zeit.

Baldwin an Odina

Seit unserer letzten Aussprache vor vier Monaten habe ich Anna nicht mehr gesehen. Ich wusste nicht, wohin sie verschwunden war, vielleicht wieder in eines der großen Hotels an der Küste, wo sie wieder ihren Leidenschaften nachging. Ich blickte auf meinen Schreibtisch, da lag eine grüne Mappe, in der hatte sie mir ausgedruckte Mails von ihren Träumen und Assoziationen zurückgelassen.

Im Traum hatte sie endlich eine Wohnung in Düsseldorf bekommen. Es hatte lange gedauert, aber jetzt hatte sie es geschafft. Der Professor, der sie ausbildete, hatte ihr dabei geholfen. Sie musste lange warten, bis der vorherige Besitzer die Wohnung ausgeräumt hatte. Es ist winter-dunkel. Am Wochenende fährt sie nach Hause. Sie sieht das Bild einer Straße in einer fremden Stadt, Treppen zum Hauseingang, Vorgärten, halbdunkel.

Sie ist in einem kleinen Haus im Wald. Es dreht sich alles um einen weißen Rollkragenpullover. Es gibt einen Zwinger mit Hunden und Wassergräben. Es kam Besuch von einem Fremden. Als Deckerinnerung immer das Stadtbild aus Düsseldorf aus ihrem letzten Traum vom Vortag. Dann die Fahrt mit einem alten Fahrrad in einem Dorf über eine asphaltierte Landstraße nahe Düsseldorf. Unterwegs traf sie eine bekannte Frau. Auf der Rückfahrt vom Dorf gab es Komplikationen. Plötzlich war sie auf einer einsamen Wiese an einem steilen Waldabhang. Sie unterhielt sich mit einem persischen Studenten über früher. Alles war besser. Es ist eine sumpfige, von Traktorreifen durchfurchte Gegend. Ein Freund des Persers gesellt sich dazu. Er hält einen Brief in der Hand und geht damit auf seinen VW zu.

Dann fuhr sie mit dem Rad über eine Straße nach Bonn zu einer sektiererisch-kirchlichen Veranstaltung in einer kleinen Holzkirche. Es schien ihre alte Schule zu sein. Sie glaubte, ein paar Mitstudenten zu kennen. In dieser Gegend wird Verbrechen großgeschrieben. Direkt hinter der Kirche, hinter der sie sich versteckt, geht es hoch her. Typen fahren in alten Autos auf Beute zu, verfolgen und bekämpfen sich gegenseitig. Dann hat sie mit einer anderen Frau ein Scheingefecht mit dem Florett.

Plötzlich kam ein anderes Datum. Es müssen Träume gewesen sein, die lange zurücklagen und an die sie sich jetzt wieder erinnert hat. Das ist auch der fortschreitenden Analyse zuzuschreiben. Der Text sprach von einem vierschrötigen älteren Mann, der offensichtlich in dunkle Geschäfte verwickelt war. Er trug einen grünkarierten Wintermantel. Sie fuhr in einem alten VW zu Zeichenübungen ihres alten Kunstlehrers Lambrecht. Sie legte das, wie alle ihre Gedanken, in ihrem Tagebuch nieder. Dann war sie in ihrer Heimatstadt in einer Gaststätte, und jemand machte sie auf einen bulligen Typ mit blondem Kraushaar aufmerksam, der mit der Polizei droht. Sie schrie selber: Polizei, Hilfe! Auf halber Treppe dreht sie sich um und wirft dem vierschrötigen kraushaarigen Typ einen drohenden Blick zu. Sie schrieb dazu, dass der Traum viele Motive des Vortages enthalte, jedoch völlig entstellt sei.

Sie war mit einem blonden Mann, wie man ihn aus Robin-Hood-Filmen kennt, in einem grünen, lichtdurchschienenen Wald, wo sie ihre Flitterwochen verbrachte. Während sie mit dem Mann durch den Wald lief, dämmerte ihr irgendetwas von einem Feindeinfall. Jetzt flüchten auch die Waldtiere. Die bewegen sich von links nach rechts in wilder Flucht: Hasen, Gazellen, auch Antilopen, wie in einem Stern-Artikel vom vorigen Tag abgedruckt. Dann fuhr sie mit dem Auto eines Bekannten durch eine Mosellandschaft. Schließlich kam sie bei ihren Eltern an. Sie erzählte ihnen, dass sie gute Vorsätze gefasst habe, da sie an ihrer noch unfertigen Diplomarbeit (sie wollte Diplompsychologin werden) weiterarbeiten wolle. Am nächsten Morgen verschlief sie. Es ist dunkel, sie liegt in ihrem ehemaligen Kinderzimmer, dort stehen noch die alten ersten Möbel, die ihr Großvater kurz nach dem Krieg gekauft hat. Sie wirft einen Blick in die Zimmerecke, wo früher das Bett ihres Bruders gestanden hat. Sie denkt, es ist acht Uhr, aber ein Blick auf die Uhr belehrt sie, dass es schon elf ist. Der Schienenbus zu ihrer Schule ist weg, also wird sie wohl mit dem Fahrrad dorthin fahren müssen. Der Schienenbus, der sie aus ihrem Vorort zur Stadt ins Gymnasium gebracht hatte, schien ihr ein phallisches Symbol zu sein.

Dann träumte sie, sie liege mit mir an einem Meeresstrand. Uns gegenüber lagen ihre ehemaligen Zimmervermieter aus der Unistadt. Man sprach über die Gefahr durch Haifische im Meer. Sie erinnerte sich an eine Gruppe von silbrigen Haifischen, deren Köpfe und geteilte Schwänze aus dem Wasser geragt hatten und die sie im Fernsehen gesehen hatte. Dann war plötzlich Besuch aus Schweden da. Ihr alter Freund Ingemar: braun, lachend, in seinem alten roten Pullover, den sie sich sofort vorstellte, dann sein Vater: schmal, aber jugendlich. Lebhafte Unterhaltung zwischen allen. Sie besorgt ihnen eine Unterkunft in der Nähe.

Wahrscheinlich hatte ich sie mit Hilfe der Psychoanalyse an mich binden wollen! Mit absoluter Ehrlichkeit! Gibt es absolute Ehrlichkeit überhaupt? Die Sprache verkleidet den Gedanken, sagt Wittgenstein. Dann gibt es aber im Menschen noch etwas Höheres als die Psychoanalyse oder als das, was die Psychoanalytiker das Unbewusste nennen! – Dass aber innere Prozesse stattfinden, ist vollkommen klar! Vielleicht tut sich aber sogar nur ein Sumpf von Lüge und Verstellung auf!

Als sie wegging, glaubte ich einen Anflug von Heimtücke in ihren Zügen um die Mundwinkel zu erkennen, etwas Verschlagenes, Süffisantes. In der Liebe wie in der Psychoanalyse wird mit allen Mitteln gelogen! Vielleicht sind die Konstruktgebilde der Psychoanalyse nur „Durchgangspunkte des Denkens", Fiktionen, wie der Philosoph Vaihinger sagt. Auch Freuds Begrifflichkeit wird immer vorläufig bleiben. Es gibt einen Weg von der Fiktion über die Hypothese zum Dogma! Ich glaube aber, absolute Negativität in ihren Träumen zu entdecken, vielleicht sogar das Böse! Vielleicht sollte man sie mit Verhaltenstherapie behandeln. Aber wenn man keinen Horizont hat, nützt auch der Behaviorismus nichts!

In den Mails steckten auch, wohl unabsichtlich, ein paar herausgerissene Blätter. Ich vermute, aus ihrem

Tagebuch. Nach flüchtiger Lektüre hatte ich den Eindruck, dass dort, trotz aller Psychoanalyse, jemand sanft und geduldig in den Wahnsinn abwanderte. Sie schrieb über mich: *Er hält mich in der Schuld, es erinnert mich an die Vorwürfe meiner Mutter, ich hätte damals nicht genug um meinen toten Vater getrauert. – Wann ist man eigentlich endgültig psychoanalysiert? – Wann ist man clean? – Ich sehe jetzt, was mein Vater für ein starker Bursche war. Sein dumpfes Toben war zum Teil nur eine Reaktion auf die Hysterie meiner Mutter! – Mein eigener Bruder will sich neuerdings scheiden lassen. – Ich muss mich, wie Talleyrand, schon auf die Zeit nach seiner jetzigen Frau einstellen. – Mutter wirft mir vor, ich würde ihr übers Maul fahren! – Bin ich denn tatsächlich „das Letzte"? – Es muss doch zwischen Sein und Erkenntnis eine gewisse Analogie geben!* – Wo hatte sie das abgeschrieben?

Anna an Odina

Ich weiß, dass Sie mit Ihrem Bruder im Briefwechsel über mich stehen. Aber was zuletzt passiert ist und warum ich mich von ihm und der Psychoanalyse erstmal verabschiedet habe, will ich Ihnen kurz erklären. Ich glaube, er hat etwas gegen mich. Ich hab gesagt: Du könntest dich doch dafür bedanken, dass ich dir deine Bude aufgeräumt habe. Und dann sagt er: Ja, ja, danke! Und dann war er auch ganz nett, und dann hab ich gefragt: Was machst du denn am Wochenende? Da hat er gesagt: Arbeiten! Da fing ich sofort an zu heulen und hab gesagt, er hätte nur die Arbeit im Kopf. Ich meinte die Psychoanalyse. Ist vielleicht kindisch, diese Reaktion! Ich sagte: Wenn du über uns etwas schreibst, werden deine Bücher vielleicht gelesen, also konsumiert und dann vergessen, wie die ganzen Nebenfiguren aus der Psychoanalyse. Er sagte, meine Antworten wären die absolut negative Gegenübertragung. Und dann hab ich gesagt: Dann wünsch ich dir noch viel Spaß. Er ist nun mal zwanzig Jahre älter als ich und soll sich auch mal ein bisschen kümmern. Es war ein Riesenspektakel. Ich glaube, dass er eine Geliebte hat. Aber in diesem Ausnahmezustand, mitten in der Pandemie? – Natürlich hat er keine! Ich glaube, nur Yoga und Meditation sind Techniken, die uns aus der Krise helfen können, nicht die Psychoanalyse. Wie kann das Leiden in der Welt mit dem Gedanken vereinbart werden, dass Gott allmächtig und gut sei. Wenn durch den Kreuzestod die Schuld aller Menschen vergeben ist, warum brauche ich noch die Psychoanalyse? Vielleicht werde ich abstürzen wie alle die Gefährdeten. Machen Sie doch Ihren Einfluss auf Ihren Bruder geltend! Ich werde auch damit fortfahren, meine Träume aufzuschreiben und zu analysieren. Ich habe übrigens seine Atemmasken mitgehen lassen. Jetzt muss er zu Hause und mir treu bleiben.

Auf dem Rückweg aus der Stadt traf ich einen alten Mann, der mich kannte. Er fragte mich: Sind Sie vom Heinrich die Tochter? Hatte er im Dialekt gesprochen. Das Persi-Mädchen? Der konnte überhaupt nicht richtig sprechen. Hatte aber noch alle Zähne. Wie kam der überhaupt dazu, mich anzusprechen? Er stand vor dem Friedhofstor und sagte: Ich bin der und der und heiße Hermann. Dein Papa kennt mich gut und die Mama auch. Da habe ich gesagt: Gehen Sie auf den Friedhof? – Ja, ich gehe die Mutti besuchen. Die ist gestorben im Hospital an Corona. Montags gehe ich aber immer schaffen, ins Kloster. Und früher hatte ich immer so'n Heimweh! Da hat mich die Polizei immer gesucht! – Also der war ganz süß mit seiner roten Nelke in der Hand. Und er sprach weiter: Dann hat mich die Polizei eingefangen und wieder zurückgebracht! Jetzt laufe ich nie mehr weg, und heute habe ich Ausgang, und heute Abend fahre ich mit dem Bus zurück. Und sag deinem Freund da oben einen schönen Gruß. – Der war total süß, und dann mit seinen Blumen.

Ich weiß nicht, warum ich Ihnen das schreibe. Aber wenn ich genau in mich hineinhöre, hat es etwas mit der Psychoanalyse bei Ihrem Bruder zu tun.

Baldwin an Laurent

Jetzt hat es doch gefunkt. Die Psychoanalyse ist vergessen, sag das meiner Schwester. Seit gestern sind die Kneipen wieder offen. Sie ging mir hinterher, und wir standen uns am Tresen gegenüber. Tranken Viez und keiner wollte zuerst gehen. – Geld hilft überhaupt nicht, es stößt nur ab.

Sie fing an, von ihrem Großvater zu erzählen und sagte, er sei ein übles, undurchschaubares Früchtchen gewesen. Schon 1932 in die Partei eingetreten, also vor der sogenannten Machtergreifung. Davon hatte sie mir in der Psychoanalyse nichts gesagt. – Ich hatte keine Lust mehr, sie zu fragen: „Was bedeutet das für dich?" – Aber ich fragte, wie sie das herausbekommen habe. Sie sagte, sie habe einen Freund beim Bundesarchiv, der habe es mit Hilfe seiner Beziehungen zur NS-Kartei in Berlin herausbekommen. Sie habe sogar eine Fotokopie seiner Mitgliedskarte zugeschickt bekommen. – Mein Gott, wo er überall herumgekommen war im damaligen Groß-Deutschland. Dann noch zwei Jahre Weltkrieg. Hat überall Kinder gezeugt, eheliche wie uneheliche. Sie sei eins von den drei ehelichen. Sie komme aus einer Patchwork-Familie, und die Träume, die sie mir erzählt habe, und die ich so dumm verständig gedeutet habe, verrieten nichts über sie.

Wir standen hier in der Kneipe und tranken Viez, und ich beschloss, mich in der nächsten Couchstunde, falls es denn noch eine geben würde, auf ihren Vater zu konzentrieren. Aber sie erzählte von selbst weiter.

Er habe mindestens einmal die Woche mit Kriegskameraden telefoniert. Sie glaube, diese Zeit habe ihn nie losgelassen. Die Granatsplitter aus dem Krieg seien im ganzen Leib gewandert, und daran sei er auch schließlich gestorben. – Trotzdem erinnere sie sich gern an ihn, und seine Fotoalben aus dem Krieg gehörten zu ihrem wertvollsten Hab und Gut. – Dann fuhren wir wieder mit dem Lift nach oben, und statt sich auf die Couch zu legen, fing sie, ich auch, gleich im Lift an zu fummeln. Wir warteten gar nicht ab, bis wir oben waren. Sie schob ihr Kleid hoch, und dann machten wir im Lift Psychoanalyse hoch drei. Das Haus war leer, es kam keiner, und als wir oben waren, war die erste Sitzung schon verflossen. – Sie schaute aus dem neunten Stock zum Fenster hinaus, und ich stand hinter ihr. Danach erzählte sie mir mehr von ihrem Vater. Vielleicht ist Lowens Körpertherapie doch der bessere Ansatz. Janovs Urschrei konnte sie auch. – Jetzt erst konnte die richtige Psychoanalyse ihren Lauf nehmen. Sie ist meine ehemalige Freundin Ursula Schmitz auf höherem Niveau. – „Nie! – Nie werde ich Psychoanalytikerin", hat sie geschrien."

Ihr Urgroßvater hatte einen mächtigen Einfluss auf ihre Mutter gehabt, denn er und ihre Urgroßmutter, die Ringführerin beim BDM gewesen war, hatten ihre Mutter gemeinsam großgezogen. Damals auf einer ihrer Fluchtstationen in Sachsen. Die vier ersten wichtigen Jahre in ihrem Leben. Ihr Urgroßvater hatte viel mit ihrer Mutter gespielt und mit ihr kleine Häuser aus Briketts gebaut, die in einem Schuppen vor dem Haus lagerten, und sie hatten sich beide schmutzig gemacht. Sie hatten sich dann zusammen in die Badewanne gelegt, und nichts sei schöner gewesen. Ihre Urgroßmutter habe sie damals mit Magnesiumblitz und einer alten Zeiss-Ikon fotografiert. Dieses Foto allein, das sie noch immer in ihrer Brieftasche trug, trage sie auch unter ihrem Herzen. – Ich sagte ihr, dass „unter dem Herzen tragen" der volkstümliche Begriff für eine Schwangerschaft sei. Und sie erwiderte, so empfinde sie es auch. – Ich fragte: „Und dein Vater?" – „Den habe ich vergessen", erwiderte sie. Sie habe alles verdrängt. Ja, sie sagte „verdrängt"! – Ich holte weit aus und bemerkte, wie gut sie mit den psychologischen Wörtern umgehen könne und ob sie beim Aussprechen dieser Wörter auch etwas erlebe. – Diesen psychoanalytischen Quatsch könne ich mir sparen, antwortete sie. Sie habe bereits mehrere Therapien abgebrochen.

Wir hatten einander schon so viel eingestanden, dass ich mit dem, was sie sagte, umgehen konnte. – Jeder, der eine Psychoanalyse macht, lernt das Vokabular und wirft damit bei jeder Gelegenheit um sich. – Der Altersunterschied zwischen uns war beträchtlich, und ich musste darauf Rücksicht nehmen. Wo sollte ich sonst hin? Meine geschiedene Frau war in die USA gezogen. Kinder hatte ich keine. Aber ich merkte, wie stark ich diese junge Frau, die im Lift über mich hergefallen war, adoptiert hatte. – Ja, adoptiert ist der richtige Ausdruck, denn die besten Wörter in der Psychoanalyse kommen aus den Familiensystemen. Freud hat sie geprägt, benutzt und in die Welt getragen.

Bezahlen würde sie die Stunden auch nicht mehr, sagte Anna.

Der Herausgeber an den Leser

Ich muss die Geschichte der beiden doch weiter erzählen, nachdem ihre Beziehung verkörperlicht wurde. Vielleicht eine Reise? – Aber das durfte man ja nicht! Eigentlich hätte sie nichts mit ihm anfangen dürfen. Aber er war nicht in der Lage, sich zu wehren. Und er, ihr Psychoanalytiker, der jetzt ihr Freund geworden war, stand ihr mit äußerster Skepsis gegenüber. Außer ihren Träumen wusste er so gut wie nichts über sie. Während sie am nächsten Morgen Orangen für ihn auspresste, die sie von ihrem Stadtrundgang mitgebracht hatte, erzählte sie nur ganz kurz, dass ihr Vater Rheinländer gewesen sei, in Meckenheim bei Bonn großgeworden. Hatte das Einjährige gemacht und eine kaufmännische Lehre, dann mit dem Obstgroßhandel angefangen. Seine Ehe mit ihrer Mutter, die aus einem Transport- und Logistikgeschäft kam, muss die Hölle gewesen sein. Diese Mutter muss gewusst haben, wie man eine Persönlichkeit unterminiert. Es war ganz einfach: Erst mitmachen und sich einbringen, dann nachlassen und aufhören! Sie hatte engen Kontakt zu ihrem evangelischen Pfarrer, und wenn man sie auf ihre Erziehungsversuche an ihrer Tochter ansprach, sagte sie: „Der Gedanke allein soll Verbindung schaffen!" Sie hat sich die Haare kurzschneiden lassen. Eine Kastrationsgeste! – Wie sollte es weitergehen mit den beiden? – Und es ging weiter! Anna hatte sich in ihrer Familie immer wie ein Tier, das gehalten und alimentiert wurde, gefühlt. Es gab dazu einen langen Traum, den sie ihrem Gefährten während ihres gemeinsamen Unterwegsseins erzählte. Sie träumte von der Kniepunktion, von der sie schon einmal in einem anderen Traum erzählt hatte. Das Knie ist dick geschwollen, es ist das linke. Ein Doktor Schmitz untersucht sie, und man sagt ihr zunächst, alles sei ganz harmlos. Aber sie bekommt Angst. Man teilt ihr mit, dass man in dem Knie noch einen Gelenkkörper entdeckt habe, der sogar an der Innenseite tastbar sei. Der müsste jetzt auch operiert werden. Man fasst sie unter beiden Armen, und sie glaubt auch ihre Eltern seien dabei, um sie mit dem Auto zum Eingipsen zu fahren. Man zieht sie im Gipsraum an einem Seil hoch, damit das Bein gut zugänglich ist. Die Gipsmasse ist heiß und wird ganz dünn aufgetragen, verhärtet sich, aber nicht sehr stark. Sie hat das Gefühl, mit Sperrholz eingegipst zu sein. Man gipst sie, gegen ihren Protest, von Hüfte und Oberschenkel bis zur Ferse ein. Sie kann das Bein aber doch ein wenig bewegen. Als sie aus dem Raum hinausgeführt wird, umgeben von ihren Eltern und vielen Menschen, schämt sie sich vor diesen Bekannten.

Alles basierte auf einem tatsächlichen Krankenhausaufenthalt. Der Arzt, der sie mehrfach geröntgt hatte, hieß Ortmann. Ihr linkes Bein ließ sich nach der Punktion wesentlich schlechter krümmen. Sie erzählte ihrem Partner, dass sie im Traum das Gefühl gehabt habe, dass jetzt ihr ganzes Leben unterbrochen und sie von zu Hause weg sei. Sie glaubt, dass sie in ihrem Studium nachlassen wird. An der Uniklinik, die in Bonn auf dem Venusberg lag, war sie mit einer Freundin vor einigen Wochen spazieren gegangen. Schon während ihrer Schulzeit war ihr linkes Knie einmal eingegipst worden. Das Hochziehen beim Eingipsen erinnerte sie daran, dass man beim

Einrenken von Nackenwirbeln manchmal hochgezogen
wird. Vielleicht hilft ja auch ein langer, heißer Verband,
ähnlich einer Fango-Torf-Packung, besser. Sperrholz
erinnert sie an die Do-it-yourself-Bastelkästen, wo öfter
mit Sperrholz gearbeitet wird. Das Wort Holz erinnert
sie auch an ihre Angst, dass das Knie steif wird. Auch
an ein Schuldgefühl, da sie unmittelbar nach der Entlas-
sung aus dem Krankenhaus zweimal mit ihrem damaligen
Freund geschlafen hatte. Zu Sperrholz assoziiert sie auch
die Lebenssperre überhaupt. Sie erinnerte sich an ihre
damalige Hilflosigkeit und zeitliche Kontaktlosigkeit und
Einsamkeit, die ihr Renommee in ihrem Freundeskreis
bedeutet herabsetzte und sie praktisch wieder zu einem
abhängigen Kind werden ließ. Darüber sprach sie mit
ihrem Gefährten und zeigte ihm auch das linke Knie, wo
man eine kleine Narbe sah, die ihr Freund und Psychoanalytiker aber entzückend fand. Sie brauche sich darüber
keine Gedanken zu machen, wenn nur ihre Seele wieder
in Ordnung käme.

Ich, der Erzähler, glaube, dass sie von diesem Zeit-
punkt an nicht mehr von Psychoanalyse hätten reden
dürfen. Sie hätte auch keinen freien Assoziationen mehr
produzieren dürfen. Die Assoziationen gaben ihr weder
Trost noch Geborgenheit. Baldwin sah ihr ins Gesicht und
dachte: Wie bekämpft man Leute, deren Gesichter nie,
auch nicht durch das leiseste Zucken, nachgaben? Waren
ihre Assoziationen überhaupt echt oder „wahr"? Er hatte
überhaupt keine Lust, wie viele Analytiker es taten, mit
ihren Gefühlen zu spielen. Sie würde ihm zeigen, dass die
Welt, trotz aller Psychoanalyse, nur aus Kommunikation
bestand.

Baldwin an Laurent

Wir sind ausgerissen und sind bis Brüssel gekommen und Anna hat sich angesteckt. Sie hat Fieber, trockenen Husten und ist sehr schwach auf den Beinen. Heute musste sie in die Uniklinik. Was nützt die subtilste Analyse, wenn das Virus kommt? Sie liegt in Zimmer dreihundertzwei. Der Monitor über ihr zeigt ihre Herzfrequenz, ihren Blutdruck und die Sauerstoffsättigung in ihren Arterien. Über den Rand ihrer grünen Maske schaut sie mich unsicher an. Sie setzt sich auf. Kabel hängen von ihrer Brust, ihrem Oberarm, ihrem rechten Zeigefinger. Niemand darf sie besuchen, auch ich eigentlich nicht. Aber der Chefarzt hat mich kurz hineingelassen. Am Schrank hängt ihr gelber Bademantel, darunter stehen ihre Adidas-Latschen. Der Chefarzt meint, sie würde in eine Welt zurückkehren, die auf Distanz gegangen ist. Er ist für den Pandemieplan des Krankenhauses zuständig. Er arbeitet vierzehn Stunden am Tag. Daneben klingelt noch das Telefon. Ich habe mich in einem Hotel einquartiert und muss jetzt versuchen, mir einzugestehen, was mir und den anderen Menschen widerfährt. Ich muss meine „optimistische Verzerrung" verlieren. Ich bin ein Produkt der menschlichen Stammesgeschichte. Wir brauchen die Angst unserer Ahnen. Ist das der Preis für immer mehr Wachstum, Beschleunigung, Fortschritt? Das Atmen selbst ist jetzt zur tödlichen Gefahr geworden. Die Krise wird Produktionskräfte und Kapital vernichten wie nach einem Krieg. Die Menschen im Decamerone erzählten sich Geschichten, um die Pest zu überstehen. Wir erzählen uns unsere Träume und verstricken uns in der Psychoanalyse. Anna wird wieder zurück ins Hotel können, das hat mir der Chefarzt heute erzählt. Warum bin ich nicht angesteckt? Ich habe einen Test machen lassen: Negativ! Ich muss die Erkrankung unbemerkt durchgemacht und sie angesteckt haben, mein Antikörper-Test war in Ordnung.

Eine Woche später wurde sie entlassen, und wir fuhren wieder zurück in unsere Heimatstadt, wo alle Maßnahmen, auch die Quarantäne, aufgehoben waren. – Ich machte meine kleine psychoanalytische Praxis wieder auf, und sie zog zurück in ihr Appartement. – Einmal in der Woche legte sie sich noch auf meine Couch. Sie hatte, wohl auch durch unsere Psychoanalyse, eine seismographische Einfühlung in Stimmung und Vorhaben des anderen entwickelt. Ich musste erkennen, dass die Psychoanalyse nichts nützt. Wir vermögen nicht einmal allegorisch zu erkennen.

„Diese Idee, so steil
und immer noch unbestiegen,
lockte die Bergsteiger aus aller Welt."

Günter Grass, Danach

DAS LIBELLENAUGE

Ich habe sie kennengelernt, als sie sich im Café an meinen Tisch setzte. – Wir unterhielten uns ein wenig. Ich war Kulturwissenschaftler und hielt an der Uni eine Vorlesung über Kant und Hölderlin. Ich glaubte, sie ein- oder zweimal in der letzten Reihe meines Hörsaals gesehen zu haben. Ich gab ihr das Probeexemplar meines neuen Buchs. – Es schien ihr gefallen zu haben, denn sie schrieb mir ein Kärtchen mit einem Schiff drauf; meine Adresse war in dem im Selbstverlag erschienenen Buch angegeben. – Ich lud sie zum Essen zu Franconi ein. Franconi kam an unseren Tisch und unterhielt sich mit uns. Während er sie anschaute, sprach er dauernd von Zigeunerinnen. – Sie nahm den Seeteufel, obwohl sie, wie sie später versicherte, nur der Name des Fischs angezogen hatte. Beim Essen zeigte ich ihr eine kleine Anthologie, in der ein paar Sachen von mir standen. Sie musterte das Büchlein, interessierte sich aber eher für die Aufmachung!

– Ich fuhr sie danach nach Hause, und als Gegenleistung lud sie mich ins Theater ein. – Ich weiß nicht mehr, was es war. Ich glaube „Emilia Galotti". – Als wir später darüber sprachen, sagte sie: „Du hast mich während der Vorstellung ja dauernd gefüttert." Das stimmte, denn ich hatte Pralinen in der Tasche meines Blazers mitgenommen. – Ich hatte es nicht ohne Hintergedanken getan, denn ich wollte sie mir geneigt machen.

Ein paar Tage später sahen wir uns in einem Programmkino „Belle de Jour" mit Cathérine Déneuve an. Die Atmosphäre in dieser Klitsche war flippig. Es waren ungefähr zwanzig Zuschauer da. Erst kam die Werbung, dann die anderen Filme, die noch laufen sollten … Schließlich begann der Hauptfilm! Eine Frau aus dem gehobenen Bürgertum, die sich aus Langeweile prostituierte. Cathérine Déneuve war eine schöne Frau, und die Frau auf dem Platz neben mir war auch nicht ohne. Wir sahen, wie sich ihr Mann um die halbnackte Cathérine Déneuve, sie hieß in dem Film Séverine, bemühte und wie sie sich ihm wieder entzog! – Traum und Weiblichkeit: Frauenphantasien? – Die Kutscher ziehen sie aus und peitschen sie; so stellt sich ein „Surrealist" gehobenes Leben vor! Schnitte von Übergriffen! Séverine imaginiert, wie sie als junges Mädchen die Hostie verweigert und klingelt bei einer Bordellchefin! – Im Film hat jeder Blick Bedeutung. Die Lebensweisheiten der Bordellchefin werden zum Besten gegeben. – Sie trinken Kirschgeist. – Wie Hölderlin und Wilhelmine! Die Frauen in dem Etablissement reden über ihre Kunden wie eine Putzfrau zur anderen! Der Champagner spritzt wie Sperma! – Der Kunde mit Bauch! – Stier-Imaginationen! – Schlamm wird geschöpft: Der Frau ins

Gesicht. Inzwischen weiß jeder, dass alles Symbol ist! – Der Peitscher in roter Weste taucht wieder auf: „Madame la Marquise haben mich rufen lassen?" Der Chinese mit den Zwillingskugeln! – Vom Porno trennt den Film nur das bisschen Intellekt und dass nichts wirklich gesagt wird! Bis auf die Grufti-Rituale. – Die Schauspielerinnen lassen sich auf allerlei ein! – Ein junger Kerl verliebt sich in Séverine. – So wie Marek Hlasko in Sonja Ziemann: Begehrlich, heftig und absolut! Hlasko hat über eine solche Liebe eine Erzählung geschrieben! – Man braucht für den Film solche Typen. Séverine geht mit ihrem Mann am Meer entlang! – Hier brachen wir den Film ab und gingen.

Draußen erinnerte ich mich noch gerade an die letzte Szene, die ich vor Jahren gesehen hatte, in der der angeschossene, gelähmte Mann aus dem Rollstuhl aufsteht und wieder gehen kann.

Nach dem Film gingen wir zum Griechen essen. Gebratene Auberginen! – Ich dachte, sie hätte sich geschminkt, aber sie brauchte das nicht! – Natürliche lila Schatten unter den Augen, die dann im Alter fast schwarz wurden. – Theater, Essen beim Griechen. Ich kannte die Prälaminarien natürlich auch, ebenso wie sie. Als wir dann zum ersten Mal zu meiner Wohnung fuhren, ging sie durch mein Wohnzimmer, sah die beiden weißen, über Eck gestellten dänischen Zweisitzer und das Biedermeier-Schränkchen und sagte: „Schön gelöst!" – Ich fotografierte sie mit Blitz von der Tür aus. Die dunklen Haare hochgesteckt und eine mit großen bunten Blumen bestickte, viel zu weite Lederjacke. – Auf dem Foto hatte sie die Augen gerade geschlossen!

Wir sahen uns zusammen Godards „Zwei oder drei Dinge, die ich von ihr weiß" an. Alltag, aneinandergeschnitten. Auf der Straße, in der Badewanne, im Modegeschäft, das Verkaufsgespräch, die Regale mit Pullovern. Zwischentitel wie bei Brecht oder dem marxistischen Theater. 1966 gedreht, da war ich im sechsten Semester und hatte gerade Philosophikum gemacht! – Anna Karina spricht minutenlang mit der Modeverkäuferin und blickt dabei nur in die Kamera! – Eine Flüsterstimme im Hintergrund, die sich an das Geschehen erinnert! – Im Bistro! – Die kleine Schwarze auf dem Barhocker, mit den vielen Flaschen im Hintergrund, spricht in die Kamera. – Die Intellektuellen in der Bar tragen große, schwarze Hornbrillen! – Ein Film für Voyeure! – Großaufnahme auf einen Typen im weißen Hemd, der gerade einen tiefen Lungenzug nimmt und den Rauch durch Mund und Nase wieder ausstößt! – Die Flüsterstimme, als wäre es ein Bekenntnis! – Blicke zwischen dem Zigarettenraucher und Anna Karina! – Gelegenheitsprostituierte! – Beatle-Köpfe: Gab es damals noch! – Die Schauspieler sind wirklich ausgesuchte Individuen: Auch Anna-Karina! – Ihr kleiner Gesprächspartner mit der Stülpnase und dem langen Stirnpony! Dazwischen immer wieder die Baustelle mit hässlichem Baulärm. – Beim Friseur: Die Haarwäsche in Großaufnahme! Maniküre! – Das belanglose Geschwätz zwischen der Maniküre und Anna-Karina wirkt trotzdem anziehend! – Während Anna Karina mit dem schönen Mann, der vor der Autotür kniet, redet, führt der Tankwart den Schlauch in den Einfüllstutzen des Autos: Ein roter Mini Cooper! Die Symbolik ist noch dezent! Der Straßenlärm wirkt wie ein Geschlechtsakt! – Der Vietnam-Krieg:

2020 fast vergessen! Sehr beherrschtes Gesicht von Anna Karina angesichts der schrecklichen Vietnam-Krieg-Fotos! – Wer denkt heute noch daran? – Wer hat etwas davon gehabt? – Das Feuer-Geben zwischen Mann und Frau, die an benachbarten Tischen sitzen. Die Menschen im Film sind alle attraktiv, gut geschminkt und gut angezogen! Der Film hat auch Längen, wie manche Filme von Eric Rohmer! Da erinnert viel an Fassbinder. – Ich kann die Rivalität zwischen Truffaut und Godard nicht verstehen! Bei Truffaut ist nur ein bisschen mehr Vorwärtsbewegung! Die beiden haben voneinander gelernt! Zum Beispiel die Szene im Ehebett, beide Paare liegen nebeneinander, beschäftigen sich doch mit etwas ganz anderem.

Der Film war zu Ende, ich fand sie neben mir. – Sie kannte das aus ihrer Zeit als Verkäuferin: Dass sich in ihrer Gegenwart plötzlich jemand neben ihr fand. Sie hieß Leandra.

Sie sagte oft: „Mir gefiel deine Wohnung!" – Die Wohnung war wirklich schön, auch schön eingerichtet. – Wenn ich nicht da war und sie überraschend kam, legte sie mir Kräuter vor die Wohnungstür. Sie arbeitete in diesem Geschäft.

Sie hätte sich auch in jedem anderen Business behauptet!

Wie sie 1990 meine Autorenlesung auf einer Burg am Rhein gemanagt hat. Sie wies mir sogar die Zeit zum Vorbereiten zu (zwei Stunden) und ließ sich auch von dem Verleger, der aus der ehemaligen DDR kam, und ihr an einer Tankstelle die Flyer für das Buch übergab, nicht hypnotisieren! Der Verleger sah, dass er nichts gegen sie ausrichten konnte, übergab die Sachen und verschwand sofort wieder. Die ganze Zeit nach der Lesung stand sie neben mir im Publikum. Ich im blauen „Künstler"-Blazer mit offenem Jeanshemd darunter. Ganz nah bei mir immer wieder die Frau eines Politikers, der sich gerade hatte scheiden lassen! – Leandra sagte später, in meinem IKEA-Sessel sitzend: „Zaubern", mit dem deutlich vernehmbaren Hintergedanken: Das wäre schön! „Du sollst nicht so viel arbeiten", sagte sie und: „Du überlastest dich!" Sie machte meine Wohnung.

Als wir uns drei Monate kannten, flog sie mit ihren Brüdern nach Griechenland. Sie schrieb mir vier oder fünf Karten mit Zitaten und hat mir durch ein Zitat gesagt, was sie mag! Ich wusste damals nicht, dass das Zitat auf der Karte von Elfriede Jelinek stammte. – Sie schenkte mir Houellebecqs „Ausweitung der Kampfzone".

Nach fünf Jahren Beziehung habe ich einmal eine halbjährige Schweigepause eingelegt und sogar ihre Telefonnummer vergessen. Sie rief ein halbes Jahr lang immer wieder an, sehr beherrscht, gestand „Fehler" ein. Am Telefon sagte sie nur immer wieder: „Wie kann man sich nur so lange ärgern!" Sie wollte nur „einmal essen gehen!" Es genügte allein ihre Anwesenheit. – Ich war in diesem halben Jahr dick geworden! Sie kann keine Metakommunikation machen, glaubt, zu viel von sich preiszugeben! – Aber Achtsamkeit und Gedächtnis! – Kann Gedankenwelten übertragen! – Einmal, 1990, fuhren wir zusammen nach Weimar. Wir blieben eine Woche. Als sie merkte, dass ich in Weimar nichts mehr zu tun hatte, drängte sie zur Abreise. Kurz vor der Abfahrt sprachen uns auf dem Markt zwei Jugendliche um Zigaretten an. Sie drehte ihnen zwei! Sie war cool und ruhig! – Ohne sie hätte ich die Reise nicht bewältigt! – Da kannten wir uns schon fast ein Jahr! Auf den Bildern von damals sieht sie aus wie eine Karatekämpferin, ganz schmal, in Jeans und mit einer weißen, am Hals geschlossenen Türkenbluse. – Die grüne Flasche mit dem Kronkorken und daneben die aufgeschnittene Kiwi, Magnete an ihrem Kühlschrank. Jetzt sind sie weg! – „Warum soll ich mich zurücknehmen?" sagte sie einmal. Vielleicht half mir Hölderlin weiter, über den ich Vorlesungen hielt und in den ich so vernarrt war. Vielleicht auch Kant, der wesentlich weiter gegangen war als Freud.

Am 20. März 2020 fuhr ich zu meinem Coach in die Eifel, um mich mit ihm darüber auszusprechen. George L. war dort Leiter einer Suchtklinik und praktizierte nach seiner Dienstzeit, die bis siebzehn Uhr ging, privat. Würde die Unterhaltung das Rätsel lösen? Ich fuhr die Serpentinen zu dem kleinen Eifelstädtchen empor, bog in den Innenhof der Klinik ein, rechts davon stand das Haus meines Beraters. Ich klingelte, und nach einiger Zeit kam die dicke Frau meines Coachs herunter und öffnete mir. – Oben auf der Treppe stand schon George L., er wurde langsam alt und begrüßte mich mit einem Händedruck, der wie eine hypnotische Induktion wirkte. L. war Franzose, war mit seiner deutschen Frau nach Amerika gegangen und amerikanischer Staatsbürger geworden. Nach ein paar Jahren zog er mit seiner Frau, die es in den USA nicht ausgehalten hatte, wieder nach Deutschland zurück. – Beide, ich und mein Berater, beschäftigten sich mit Hölderlin. Der Arzt, weil ihn Hölderlins Befund und sein Leben im Tübinger Turm interessierte, der Patient, weil er in Hölderlin einen Affinen sah und dessen Dichtung zu dem Größten rechnete, das die Welt je gesehen hatte. – Der Berater drückte mich in ein Sesselchen neben seiner Schreibtischecke und begann das Gespräch. – Beide, der Coach und ich, waren mit Philosophie groß geworden. Ich, weil ich Philosophie studiert hatte, der Berater, weil er sich seit frühester Jugend mit Zen-Buddhismus beschäftigt hatte.

„Was bewegt Sie im Augenblick?" fragte George L., „Was haben Sie in den letzten Wochen erlebt?" – „Es ist die letzte Stunde", sagte ich, „und ich würde gern von mir, von Leandra und von Friedrich Hölderlin erzählen. Leandra und ich wollen ins fränkische Schloss Waltershausen, wo Hölderlin 1794 zehn Monate als Hauslehrer den Sohn von Charlotte von Kalb zu erziehen versucht hatte. – ‚Dichter-Priester, eine gut umschriebene literarische Einheit, die du daran erkennst, dass sie unendlich viel vom Mythos halten.' So hatte Arno Schmidt in Zettels Traum geschrieben. War Hölderlin ein Dichter-Priester? Auch Goethe oder Hermann Hesse? Drei, die ihr Ego absolut gesetzt hatten. Vor jedem Abschnitt meiner Erzählung imaginiere ich eine kleine Szenerie im Schloss Waltershausen, wo ich viel von Hölderlin geträumt habe. Die Träume setze ich vor jedes Kapitel meiner Erzählung. Vieles von meinen Gedanken ist auch in die Gespräche mit meiner Freundin eingeflossen."

Traum 1

Die unaufgeräumte Küche im Schloss. Der Verwalter stapft ins Haus: begafft Wilhelmine Kirms. Der Wochenmarkt im Dorf Waltershausen, saftige Schinken und frisches Gemüse. Wilhelmine läuft durchs Haus und begegnet unvermutet Herrn von Kalb. Sie sieht das Kant-Buch in Hölderlins Zimmer und fragt, ob sie es haben könne. Ihr gefällt die Unordnung in Hölderlins Zimmer nicht.

Ich will hier noch etwas Allgemeines zu Hölderlin sagen. Sein Ölporträt von Karl Hiemer. Der weiße Hemdblusenkragen weit aufgeknöpft und ein brauner Gehrock, vielleicht aus Manchesterstoff. Seelenvoll ist vielleicht das beste Wort für sein Antlitz. Immer noch ein wenig knabenhaft. „Ich habe nichts, wovon ich sagen möchte, es sei mein eigen", schreibt Hyperion an Belarmin. Traut man dem jungen zweiundzwanzigjährigen Mann auf dem Ölgemälde das zu? Er hatte doch ein beträchtliches Vermögen, das seine Mutter für ihn verwaltete. Sie hat ihn aber in den sechsunddreißig Jahren der Isolation kein einziges Mal besucht, knauserte mit dem Geld, aber bezahlte alles, was er die Familie Zimmer im Tübinger Turm kostete. „Ich bin so recht vernünftig geworden, habe gründlich unterscheiden gelernt von dem, was mich umgibt ..."

Ich nahm mit meinen Studenten Hölderlins „Hyperion" durch. „Hölderlin", fragte mich ein Kollege,

„warum machen Sie das?" – Ich antwortete: „Hölderlin arbeitet mit den Mitteln des poetischen Bildes und der philosophischen Reflexion." Ich vertrat damals die These von Pierre Bertaux, dass Hölderlin seinen „Irrsinn" nur gespielt habe. Aus lauter Angst vor den Fürsten, die wiederum Angst vor den Freiheitsgedanken der Französischen Revolution hatten. Der Dichter Schubart hatte mit seinen zehn Jahren Festungshaft erlebt, worauf solche Gedanken hinausliefen. Ich sagte den jungen Leuten in meiner Vorlesung, dass die Struktur von Goethes Werther gegenüber der Komplexität des „Hyperion" geradezu provinziell sei. Aber Hölderlin habe mit Kant, Hegel, Fichte zu viel Philosophie in sein Werk gebracht. Die Französische Revolution sah Hölderlin im Lichte der Vereinigungsphilosophie. Das war das Ideal seiner Dichtung und einer zukünftigen Gesellschaft. – „Hatte er nicht etwas mit Susette Gontard?" – „Ohne Susette Gontard wäre der Hyperion nicht fertig geworden. Beurteilen Sie das doch selbst", sagte ich und zitierte ihnen eine Briefstelle von Susette Gontard vom Oktober 1798: „Wie ist nun, seit du fort bist, um und in mir alles so öde und leer, es ist als hätte mein Leben alle Bedeutung verloren, nur im Schmerz fühle ich es noch ..." – „So könnte man auch heute noch schreiben", antwortete der andere, „das reißt einen aus der Innerlichkeit des Hyperion ein wenig heraus." Und Hölderlin war stolz. Er versuchte, in seiner Philosophie und Literatur auf kryptographische Weise seine politischen Gedanken zu verstecken. Man hatte im Theologischen Stift in Maulbronn versucht, seinen Willen zu brechen. Er blieb einsam. Später stieß ihn die Not, für sein Brot zu sorgen, immer wieder in kleinliche Abhängigkeiten zurück. Sein schönes Gesicht, seine angenehme Gestalt hätten ihm, mehr als Goethe, alle Türen geöffnet. Aber er war und blieb innerlich und bescheiden. Dabei freiheitsliebend und verbunden mit den Gedanken der Französischen Revolution. Schon allein deswegen musste er leisetreten. Und wie Hegel, Fichte und Schelling konnte er dem Idealisten in sich, das heißt dem Republikaner, nur versteckt zum Ausbruch verhelfen, in einer invasiven und idealischen Sprache, mit Gedanken, die Hegel später hinter der Sprachmagie verschwinden ließ.

Er war leicht zu beleidigen, und so lernte er, sein Inneres vor dem Pöbel zu verbergen. Die sechsunddreißig Jahre im Tübinger Turm interessieren nicht. Was interessiert, ist seine dichterische Berufung. Poeten damals hatten oft ein persönliches, manchmal mystisches Verhältnis zu Gott. Theologie und Philosophie verwrangen sich für Hölderlin, ich weiß nicht, ob das gut für ihn war. In seinem ganzen Werk hat er niemals den Glauben an die kultische Mission der Dichtung verloren. Hölderlin empfand sein Selbstbewusstsein als „heroisches Schicksal". Und er schien sich auch damit abgefunden zu haben. Die Welt mag keine poetischen Existenzen ohne Amt. Dichter-Priester!? ‚Er ist nur groß, wenn er dichtet', sagte Goethe über Byron, ‚wenn er reflektiert, ist er ein Kind.' Vielleicht vertrug Hölderlin auch keine andere Existenz. Eine Theokratie des Schönen fordert er. Die muss man auch im Gedicht finden. Das Gedicht ist höhere Wahrheit.

Ganz am Ende seiner bewussten Existenz hatte er wieder eine seiner Hofmeisterstellen angenommen. In seinem Freiheitsland Frankreich. Beim Hamburgischen Konsul Meyer in Bordeaux. Er blieb dort aber nur ein paar

73

Monate und wanderte zu Fuß nach Deutschland zurück, wo er abgemagert, mit Bart und gekleidet wie ein Bettler, erschien. Kurz darauf erreichte ihn die Nachricht vom Tod seiner Muse und Geliebten Susette Gontard. Die Beziehung zu Susette verbindet ihn auch mit Goethe. Beide, Goethe und Hölderlin, waren mit älteren Frauen liiert, die mehrere Kinder hatten. Die Ehemänner waren sicher eifersüchtig. Und wenn Goethe und Charlotte von Stein nicht vorsichtig gewesen wären und Goethe nicht den Herzog auf seiner Seite gehabt hätte, hätte es Goethe gehen können wie Hölderlin, der einfach des Hauses verwiesen wurde. Man braucht nur die wenigen erhaltenen Briefe Susette Gontards an Hölderlin zu lesen, um zu erkennen, wie Charlotte von Steins Briefe wahrscheinlich ausgesehen hätten. Der schwäbische Jakobiner, der Weltliteratur auf die Beine gestellt hat. Der Begriff Weltliteratur stammt von Goethe. Die Begabten, die früher als Hauslehrer (Hofmeister) ihr Leben fristen mussten, gehen heute in den Gymnasialdienst und werden bald Studienräte. Dann ist es mit der Revolution vorbei.

Erst in den fünfziger Jahren wurden die Neuroleptika entdeckt, die gegen solche Erkrankungen wirklich halfen. Hölderlin würde die heutige Psychiatrie einen „Vulnerablen" nennen. Er hatte große existentielle Angst, auch vor dem, was er gedacht hatte und was seine Gedanken bei anderen hätten anrichten können. „Es ist auch gut und auch die erste Bedingung allen Lebens und aller Organisation, dass keine Kraft monarchisch ist im Himmel und auf der Erde", hatte er seinem Freund Sinclair geschrieben. Man musste sich versichern, dass auch andere diesen Gedanken hatten und dass man nicht alleine war. In vielen

Gedichten und Briefen versuchte er zwischen positiv und negativ zu oszillieren. Vielleicht eine Folge seines bis in die letzten Fasern gehenden Philosophie- und Theologiestudiums. Vielleicht aber auch durch den intensiven Umgang mit Hegel, Schelling und Fichte. Theologie und Philosophie bürgen nicht für Wahrheit.

Hölderlin hatte seine Kritik der reinen Vernunft gut gelesen. Das brachte ihn von der Dogmatik weg. Seinen Stolz und seine Würde ließ er sich nicht brechen. „Den Gott in uns, den macht ihr zum Skandale, und setzt den Wurm zum König über ihn", schrieb er mit sechsundzwanzig Jahren an den zehn Jahre älteren Schiller. Man konnte sein Äußeres zwingen, sein Inneres aber nie. Ein Satz aus Hölderlins „Hyperion" fiel mir ein: „So kam ich unter die Deutschen." Mein Gott, welch eine Scheltrede! „Ein wachsender Widerstand gegen alles und alle", schreibt Peter Härtling in seinem Hölderlin-Roman.

Traum 2

*Wilhelmine verlässt das Zimmer, dreht sich
auf dem Flur noch einmal um und lächelt
zögernd. Ihre hochhackigen Pumps bleiben
in den Dielenbrettern stecken, sie löst sich
und geht in ihr Zimmer. Nach einer Woche
klopft sie bei Hölderlin an. Sie setzt sich,
und er geht auf sie zu und gibt ihr einen
Kuss. Auf dem Tisch liegt noch ein Brief von
Elise Lebret. Abends wird im Herrenzimmer
vorgelesen. Wilhelmine hat eine schöne,
dunkle, sanfte Stimme. Hölderlin schreibt an
seine Schwester, wie sehr ihm Wilhelmine
gefällt.*

Ich mochte den „Hyperion" und Hölderlins Gedichte.
– „Er unterschrieb doch später mit einem italienischen
Namen", hatte mir damals jemand aus dem Hörsaal zuge-
rufen. – „Er zog sich zurück", sagte ich, „er hatte die Welt
satt, die seine zarten, seherischen, politischen Gedichte nicht verstand. Vielleicht war es auch eine ungeheu-
re Angstneurose, die einen schizoaffektiven Schub aus-
gelöst hatte. Heute hätte man ihn in drei Wochen heilen
können. Hölderlin war nicht nur ein Revolutionsdichter,
sondern auch ein Dichter-Priester. Aber einer, an dem
Arno Schmidt blind vorbeigegangen war. Hölderlin wollte inkommensurable Vorgänge mitteilen. Aber Antike und
Fortschritt lassen sich kaum miteinander vereinbaren.

Wenn ich versuche wie Homer, Pindar oder Sophokles zu schreiben, ist meine Subjektivität weg oder verdunkelt.

In der Nacht träumte ich von Wilhelmine Kirms, dieser jungen Frau, der Gesellschafterin Charlotte von Kalbs, mit der er während seiner ersten Hauslehrerstelle in Franken eine neunmonatige Beziehung hatte. Ich war in Hölderlins Wohnung in Nürtingen. Seine alte Freundin Louise Nast besucht ihn, seine Mutter darf davon nichts wissen. Sie kommt in die Wohnung und macht alle Fenster auf. Plötzlich ist die zweite Freundin von Hölderlin, Elise Lebret, da, sieht alles und verlässt das Haus wieder. Louise Nast macht die Fenster wieder zu, bekommt sie aber nicht dicht, und durch die Ritzen zieht der Wind.

„Vielleicht teilt uns die Atmosphäre von Schloss Waltershausen ein wenig über Hölderlins philosophische und dichterische Anfänge mit", sagte ich am nächsten Tag zu Leandra. „Vielleicht können wir auch durch die Atmosphäre an den Gesprächen zwischen Hölderlin und Wilhelmine Kirms über Kant und Hemsterhuis teilnehmen. Der Kern und die Originalität der Kritik der reinen Vernunft liegt darin, dass man auf die Idee des Dinges an sich kommen konnte. War es Hemsterhuis, der Augenforscher und Astronom, der Kant auf den Gedanken gebracht hatte. Wenn das Libellenauge, das Fischauge, das Menschenauge die „Realität" verschiedenartig wahrnehmen, muss es doch eine von diesen Wahrnehmungsweisen unabhängige „Realität" geben, die nicht wahrgenommen, sondern nur noch gedacht werden kann. – Und vielleicht nicht einmal das! „Der gestirnte Himmel über mir und das moralische Gesetz in mir", hatte Kant geschrieben. 1782 waren zwei Bände von Hemsterhuis auf Deutsch erschienen, zusammen mit Herders Aufsatz „Liebe und Selbstheit". Die Kritik der reinen Vernunft erschien 1781. Kant muss Hemsterhuis schon vorher auf Französisch gelesen haben.

„Ich weiß nicht, ob Hölderlin Kant vollkommen verstanden hat", erwiderte Leandra, „der Verstand schreibt der Natur die Gesetze vor, das ist die berühmte, provokante Formulierung Kants. Die Fragen, die Kant in seinen drei Kritiken stellt, lauten: Was kann ich wissen? Was soll ich tun? Was darf ich hoffen? Was ist der Mensch? – Diese Fragen werden Hölderlin am meisten interessiert haben. Und Kant würde wohl das Handeln des einfachsten Menschen, der dem Ruf seines Gewissens folgt, über die Wissenschaft des besten Physikers stellen. Aber das erste Newton'sche Axiom war auch alles andere als die Beschreibung eines Erfahrungssachverhaltes."

Ich sagte: „Es ist der Anspruch Kants, dass die Kritik der reinen Vernunft allen Streitigkeiten der Philosophie ein Ende machen wird. Die Kritik der reinen Vernunft zeigt die Unterscheidung zwischen den lösbaren und den unlösbaren Problemen der Vernunft. Die lösbaren Probleme sind von Kant wenigstens in ihren Grundzügen endgültig gelöst. Das muss auch Hölderlin gesehen haben. Die Welt an sich, ein Wort, das wahrscheinlich auf Frans Hemsterhuis, den holländischen Optiker und Naturforscher, zurückgeht, ist überhaupt nicht erkennbar, und in der Welt der Erscheinungen setzen unlösbare Grundwidersprüche, die Antinomien, der Erkenntnis Grenzen. Jenseits der Begriffswelt kann also nur Zen oder die Erleuchtung helfen! Eigentlich hat jeder das Recht, auf seine Art nachzudenken! Hölderlins Studien- und intimer Stiftsfreund Hegel geht noch einen Schritt weiter und sagt, dass Kants Kategorientafel die Gedanken Gottes vor der Erschaffung der Welt seien. Die Tatsache, dass es der einzelne Mensch ist, der denkt, hat Hölderlin nicht interessiert."

„Aber die Dinge an sich, von denen wir anfangs gesprochen haben, was ist mit denen?"

„Nach dem Ergebnis der Transzendentalen Analytik, diesem Kernstück der Kritik der reinen Vernunft, sind Dinge an sich, unabhängig von unserer Wahrnehmung, also weder möglich noch wirklich. Vielleicht darf man so etwas überhaupt nicht denken. Alles kommt aus dem Kopf, auch die Idee des Dinges an sich. Aber diese Idee, so wie sie Hemsterhuis in den Sinn gekommen ist, ist großartig und lässt einen sein Leben lang nicht los. Dass die Natur lediglich in einer Bewegung der Massen nach Newton'schen Gesetzen bestehen soll? Dann gäbe es keine Freiheit mehr. Nur Leibnitz lässt noch einen anderen Bereich zu, das Reich der Gnade, in dem Freiheit möglich ist. Im Reich der Gnade herrscht die Freiheit des Handelns nach moralischen Gesetzten. Manche Heutigen glauben, dass Kant an die Stelle der Unterscheidung zwischen dem Reich der Natur und dem Reich der Gnade die Unterscheidung zwischen der Erscheinung und dem Ding an sich gesetzt hat. Das ist für mich schwer zu verstehen. Vielleicht gar nicht!"

Traum 3

Auf die Jagd mit Kalb in dem hügeligen
Gelände des Grabfeldes. Hölderlin trägt
eine Jagdmütze mit Ohrenklappen. Er hat
ein Gewehr, kann damit aber nichts anfan-
gen. Kalb schießt zwei Hasen und bindet sie
sich an den Gürtel. Am 20. März wird sein
Geburtstag gefeiert. Wilhelmine schenkt ihm
ein Halstuch. Frau von Kalb ist gerade ein-
getroffen und feiert mit.

Ich dachte noch einmal nach, nahm Leandra bei der Hand und sagte: „Jede Philosophie muss die von ihr aufge-worfenen Fragen an irgendeiner Stelle stehenlassen. Aber Kant spricht immer wieder von einer Wirklichkeit, die außer der gesamten Sinnlichkeit besteht. So können die Dinge an sich vielleicht zwar gedacht, aber nicht erkannt werden. Solche Gedanken wurden noch in der Adenauer-Zeit von Wissenschaftlern zum Beweis der Existenz Got-tes angeführt. Dabei hatte Kant alle diese Beweise und auch ihr Gegenteil ad absurdum geführt. Die Kritik der reinen Vernunft ist eine Theorie der Erfahrung, damals noch weitgehend eine Theorie der Newton-Physik. Zehn Jahre nach ihrem Erscheinen konnten Kants Theorien noch nicht in Frage gestellt werden. – Auch nicht die Aporien, die jede Metaphysik hat, entdeckt werden! – Wir wissen so wenig, dass selbst die Hinzuziehung Gottes in die Naturwissenschaft kein Unglück wäre! Was nützt uns die Kant'sche Kategorie der Kausalität in der Kritik der reinen Vernunft, in der Quantenphysik gilt das Kausalitätsgesetz nicht mehr!"

„Doch, abgeschwächt gilt es schon!"

„Was war denn eine Autorität für Kant? – Nicht einmal Kant selbst!"

„Kant hat mit einer ungeheuren Energie in vier bis fünf Monaten die Gedanken der Kritik der reinen Vernunft niedergeschrieben, die er mehr als zwölf Jahre lang sorgfältig entwickelt hatte", erwiderte ich, „im März 1780 war das Manuskript abgeschlossen und 1781 erschien es auf der Leipziger Ostermesse bei Johann Friedrich Hartknoch in Riga. Einer seiner besten Freunde glaubte darin, „eine Dunkelheit (zu finden) die ihresgleichen sucht!" Aber nach ein paar Jahren erkannte man die Weltbedeutung dieses Buches. Und es stellte sich heraus, dass diejenige Wissenschaft, die sich am lautesten auf die Erfahrung beruft, dieselbe erst in Wahrheit hervorbringt. Das berührt und beleidigt die sogenannten Wissenschaftler bis heute. Die Vernunft gibt sich nach Kant als dogmatische Despotin zu erkennen, wenn sie ohne Erfahrung agiert. Vielleicht ist das „Ich" nur eine Art fraktales Subjekt, in der Vielfalt seiner Erlebnisse eine imaginäre Größe, die nicht identifiziert und benannt werden kann. An das Unerfahrbare, zu dem unsere Sinneserfahrungen nicht hinreichen, kommen wir also nie heran."

„Du musst wie Kant denken", sagte ich, „vor der ‚Erfahrung' stehen Entitäten, die Erfahrung für uns erst möglich, vielleicht sogar wirklich machen. Diese Entitäten werden in der Kritik der reinen Vernunft dargestellt! Ich habe das Gefühl, dass ein anderer, der Holländer Frans

Hemsterhuis, genau so weit wie Kant war. Nur auf einem anderen Weg. Hat Kant von dessen Forschungen, die vor 1781 höchstens auf Französisch oder im Manuskript veröffentlicht wurden, gewusst? Man habe den Prozess des Sehens bisher zu wenig von der Seite der Seele aus betrachtet, sagte Hemsterhuis. Den meisten Menschen sei nicht bewusst, dass der Seele trotz der optischen Hilfsmittel nur sehr unvollkommene Abbilder zur Wahrnehmung vorgesetzt würden. Alle optischen Ungenauigkeiten verschwinden durch einen einzigen Akt der Seele. Es stelle sich aber die Frage, wer richtiger sieht, das Menschenauge oder das Libellenauge, dessen viele Einzelaugen sich an der Basis einer sechsseitigen Pyramide befinden. – Gäbe es ein Auge, das bis zu den Dingen an sich, die unabhängig von unserer Wahrnehmung sind, also zur inneren Essenz vordringen, großer Gott, was würden wir sehen? rief Hemsterhuis bei seiner Entdeckung aus. Und da der Mensch wenige Sinnesorgane besitzt, ist seine Kenntnis der Materie auf deren Eigenschaften beschränkt. Daraus schließt Hemsterhuis, dass uns nur Ausschnitte der Wirklichkeit bekannt sind und dass sie noch viele Attribute besitzen muss, für die wir kein Organ haben. Vielleicht würde für ein unser Begreifen übersteigendes unendliches Wesen alles koexistieren. Es wäre das Chaos. „Diese amphibische Daseinsweise des Menschen bewirkt, dass er in der Ewigkeit schwimmt und in der endlichen Zeit kriecht", schreibt Hemsterhuis. Die Seele muss nach Hemsterhuis mehr erkennende Kraft haben als Kants erkenntnishungriger Mensch. Sie muss in Ausnahmefällen bis zu einem gewissen Grade die Trägheit ihrer Organe und das Nacheinander ihrer Vorstellungen überwinden können, wenn es ihr gelänge, sich den Dingen an sich zu nähern. Vielleicht hat Kant von Hemsterhuis' Forschungsergebnissen erfahren, oder es gab noch andere Forscher, die über das gleiche Sujet gearbeitet und zu Kant Kontakt hatten."

„All das wird Hölderlin gewusst haben, denn er hatte sich die zwei ersten deutschen Übersetzungen von Hemsterhuis, die 1782 erschienen waren, gekauft. Hemsterhuis lebte von 1721 bis 1790."

„Alle Philosophie beginnt mit der Auflehnung gegen die Gültigkeit der Sinneswahrnehmung. Alle Dichter und Philosophen haben sich mit etwas intensiv beschäftigt: Goethe mit Naturwissenschaft und Naturbeobachtung, Hemsterhuis mit Insektenaugen, Optik und Astronomie, Schiller mit Kant, und womit du?"

„Ich bin eigentlich nur Skeptiker."

„Kant hat den Skeptizismus zwar für ‚zum Wohltäter der menschlichen Vernunft' erklärt, ihn aber zugleich auf seine reinigende Wirkung eingeschränkt! Die Ausdehnung der Zweifellehre, sogar auf die Prinzipien der Erkenntnis, das Sinnliche und auf die Erfahrung selbst, hat er abgelehnt."

„Wer war Hölderlin eigentlich?"

„1770 in Lauffen in Württemberg geboren, dann nach Nürtingen. Vater und Stiefvater früh gestorben. Von der Mutter aufgezogen. Mit zehn Erstes Landexamen in Stuttgart, mit dreizehn Zweites. Dann acht Jahre in Klosterschulen! Die letzte war das Tübinger Stift, schon eine Art Uni. Mit dreiundzwanzig Jahren Magister der Theologie. Immer in der schwarzen Kutte des protestantischen Theologiealumnus. Viel erkannt und das Erkannte nicht angewendet, sondern gleich in eine Hauslehrerstelle! – Ein dünnes schmales Leben von Stelle zu Stelle. Bis sechsunddreißig produktiv, von den sogenannten Großen abgelehnt. Dann die Erkrankung, die sich schon früh angekündigt hatte. Vielleicht ging es ihm im Tübinger Turm noch am besten! – Seine erste Hauslehrerstelle hatte er übrigens in Waltershausen im Fränkischen."

„Vielleicht vermitteln uns die Noumina und die Atmosphäre dort, wie Hölderlin gedacht hat und wie er sich mit der Gesellschafterin von Charlotte von Kalb, Wilhelmine Kirms, über diese Sujets unterhalten hat."

Ich war mit Leandra ein paar Mal an der belgischen Küste! – Auf dem Zeedijk in Knokke, die Hände waagerecht gegen die Stirn gelegt, um sich vor der Sonne zu schützen. Ihr Schatten neben ihr sieht aus, als würde er salutieren. Freundlich und vertrauensvoll gegen die Sonne blickend. Die Hochhausvillen im Hintergrund. Im Stehen, mit all den Strandläufern hinter ihr. In einer schwarzen Bluse und wieder in weißen Jeans. Die roten Riemen des Rucksacks über ihren Achseln. – Da ging es ihr gut. – Im nächsten Augenblick konnte sie ganz bissig gucken, aber ihr Gesicht zeigte eher die Frage: Was ist mit dir los? – Die kräftigen nackten Arme vor der Brust verschränkt. Jetzt sah man den roten Rucksack, weil sie ein wenig schräg stand. Von der Seite sah sie mit ihrer dunklen Sonnenbrille aus wie ein Bild. Ein kleiner Damenbart auf der Oberlippe unter ihrer dunklen Sonnenbrille. „No credit cards! – No cheques!", sagte ein gelbes Schild neben ihrem Kopf. In diesem Straßenbistro mitten auf dem Zeedijk. Dann mit ganz hochgenommenen Haaren, ihr Gesicht, das schmaler wirkte als sonst, saß sie im Café Meermaid hinter dem gläsernen Windschutz mit

den Geranien davor, wieder mit der fast schwarzen Sonnenbrille (unerkennbar), wieder weiße, weite Jeans und
eine weite, rostrote Bluse mit weißen Punkten. Ihr damals
noch schmales Gesicht wusste nicht so recht, was es von
mir halten sollte. – Das lag jetzt zweiundzwanzig Jahre
zurück! – Ihre Fingernägel waren damals fein lackiert! –
Aber sie hatte auch etwas sehr Zartes um Hals und Schul-
tern herum! – Und heute? – Ich nehme alles, so wie es
ist! – Dass sie in diesen dreißig Jahren überhaupt bei mir
geblieben ist!! –

Das muskulöse Marmorpferd auf dem Betonsockel auf
dem Zeedijk. – Überall stand Kunst! Die Masse der Spa-
ziergänger, und doch keine Bedrängung! – Das Schatten-
carré zum Strand hin, in dem die Säuglinge schliefen. Die
Namen der klein weißgestrichenen, hölzernen Umklei-
dekabinen: Ingendael! – Die Nummern auf den Segeln
der Surfer, die überall im Watt lagen: 90672, 109266,
5964. Eine aufgeblasene Donald-Duck-Welt für die Kinder, auch mit hölzernen Autoscooter, Drachenfliegen am
Meeresrand! – Die wirklich kleinen Jungen in Polizei-
uniformen, die wir von oben aus unserem Appartement
fotografierten! – Ich, von ihr fotografiert, immer noch ein
Kerl! – Miss Belgian Beauty! Wurde unten auf dem Platz
gerade gewählt! Vom Hinterfenster unseres Appartements
sahen wir eine Kirchenlandschaft mit Glockenturm: Sie
las dort auf dem Balkon: Sophies Welt, damals ein Best-
seller! – Wenn wir auf dem Zeedijk waren, sahen wir
überall Apollinaris–Sonnenschirme. In den Dünen lande-
ten wir meistens zwischen einem jungen Mann und einem
jungen Mädchen, das sich für ihn ausgezogen hatte. Ihr
Hund, der Gaspard hieß, schnüffelte überall herum!

Traum 4

*Der Graf kommt zu Besuch. Wilhelmine ist
ein bisschen verlegen, aber sie kokettiert mit
dem Grafen. Charlotte von Kalb zündet eine
Kerze an. Der Graf flüstert. Wilhelmine hat
sich die Haare hochgesteckt. Sie dreht beim
Reden die Augen nach oben, als wolle sie
besonders apart wirken. Charlotte hält eine
Rede. Im Dämmerlicht wirkt sie herrschaft-
licher als Wilhelmine. Sie hält ihre Rede aus
dem Stegreif.*

Wir fuhren über die Autobahn: Limburg, Wetzlar,
Gießen, Alsfeld, Fulda. Von da über die Landstra-
ßen nach Bad Neustadt und dann nach Waltershausen,
ein kleines Dorf im Fränkischen, ziemlich idyllisch. Das
Schloss lag auf einer Erdnase, die es ein klein wenig aus
dem Milztal emporhob. Es hatte vierzig Zimmer und wird
heute mit sechzig Betten genutzt. Rosa gestrichen, zwei-
stöckiger Bau, an jeder Ecke ein Rundturm, damit man
sich gegen Belagerer wehren konnte. Alle vier Türme hatten ein graugedecktes, zwiebelartiges Dach. Das Flüss-
chen Milz mäanderte naturbelassen zwischen den sanften
Hügeln und umschloss das Anwesen.

Doktor Ulrich Moebius, der Schlossbesitzer, und seine
Frau, beide über achtzig, empfingen uns. In Erinnerung
geblieben ist mir: Der Rokoko-Kuppelsaal von Balthasar
Neumann. Wir wollten sofort in Hölderlins Zimmer. Alle

Zimmer lagen zu Hölderlins Zeiten, vor dem Umbau der oberen Etage des Schlosses, an einem Gang im zweiten Stock. Hölderlin sah aus seinem Zimmer auf den Gleichberg. Es lag am Ende eines Seitenflurs in einem der vier Türme. Ein fast kreisrundes, großes, hohes Gemach von acht Metern Durchmesser. Mit schönen, hohen Kuppelbögen, die Kuppel weiß gestrichen, von der rosa Tapete des Raumes abgegrenzt. Der Kerzenleuchter an der Decke muss die Atmosphäre beschwingt haben. Rund um das Schloss gab es früher einen Wehrgraben in Hufeisenform, der im Laufe der Jahrhunderte zugeschüttet wurde.

„Ab und zu kommen ein paar Hölderlin-Interessierte, aber das sind alles nur Oberlehrertypen", sagte Doktor Moebius. – Wir nahmen in einem Gasthaus im Dorf ein Zimmer und aßen in der Wirtschaft etwas. „Es ist doch denkwürdig", sagte meine Freundin, „dass Hölderlin in einem Turmzimmer seine schönste Zeit hatte und dann bis zu seinem Tod sechsunddreißig Jahre wieder in einem Turmzimmer gelebt hat." – „Darüber muss ich meditieren", erwiderte ich.

Beim Essen stellte ich mir vor, wie Wilhelmine ihn in seinem Zimmer besuchte, und sich von ihm die neueste Schrift Kants holte. Es war „Die Religion innerhalb der Grenze der bloßen Vernunft". Er griff richtig zu, und es schien ihr zu gefallen! Sie sprach von ihrer Mutter, die sie aus dem Haus gedrängt hatte, um noch einmal einen reichen Mann zu heiraten. Sie machte aus ihrem Vorhaben vor ihrer Tochter kein Geheimnis. Wilhelmine war aus der Not heraus, als Einundzwanzigjährige, diese Ehe mit dem Kammersekretär Karl Friedrich Gottlieb Kirms in Weimar eingegangen. Warum sie es getan hatte, wusste sie nicht mehr. Schiller hatte die Partie vermittelt. Hölderlin erzählte ihr, wie er Baccalaureus wurde, seine vier philosophischen Semester durchlief und dann seinen Magister machte. Bei der Verteidigung der Dissertation von Professor Böck stand er mit den anderen Kandidaten wie ein Ruderknecht auf dem Katheder. Er fand, „dass man, wenn man genau prüft, mit der Vernunft, der kalten vom Herzen verlassenen Vernunft" auf die Ideen Spinozas kommen muss, „wenn man nämlich alles erklären will".

„Dann sind wir beide keine Schoßkinder des Lebens", wird Wilhelmine gesagt haben.

Die Nacht werden sie im Bett verbracht haben. Sie war erfahren, machte, was er wollte. Es war aber lediglich Schein. Auch in der völligen Hingabe entkommen wir den Regeln nicht. Sie hatte ja auch schon eine Ehe hinter sich. Was war Wilhelmine gegen Louise Nast oder Elise Lebret? Ihre Ehe lag so weit zurück, dass sie Hölderlin nicht in die Welt der Rache an den Männern hineinziehen musste. Die Rache blockiert die Energie, die Blockade verstärkt das Ego, das Ego will noch mehr Rache üben, und so kann es endlos gehen. All dies war beim ersten Zusammensein von Hölderlin mit Wilhelmine Marianne Kirms nicht der Fall. Als Hölderlin eine Kerze anzündete, sah er, dass sie selig lächelte. – Eine Falle? – Ihr Körper, ihre Bewegungen, ihre Konvulsionen, alles erwachsen. Erzählte von ihrem Vater, dem Webersohn Traugott Kemter, und von ihrer Mutter, einer Nichte des berühmten Generals Adolf von Thielemann. Er, Hölderlin, konnte nur auf seine Herkunft aus der schwäbischen Ehrbarkeit zurückblicken, die seit Jahrhunderten die Pfarrer und Beamten des Herzogtums Württemberg stellten.

Hölderlin hörte heraus, dass sich Wilhelmine wohl schon früh in Verständnis geübt haben musste. Sie reagierte auf jeden Wink. Wenn er dann allein war, träumte er immer wieder den gleichen Traum. Er wurde in einem Raum geführt, da saßen zwei starkgeschminkte Frauen mit rotgemalten Lippen, ziemlich starken Wangenknochen und nicht dünn. Das Gesicht der Linken ein bisschen wie das der Köchin, die im Hause angestellt war. – Er dachte, das sind zwei Lesben, denn sie küssen sich. – Er will seine Visitenkarten vorzeigen und holt sie aus der Tasche. Sie sind aber ganz länglich, wie Eintrittskarten fürs Konzert. Er zieht eine nach der anderen hervor, aber es sind ganz verschiedene Karten, keine der anderen ähnlich. – Er weiß nicht, was er denken soll."

„Hätte Hölderlin nicht besser seine eigene Vernunft kritisieren sollen?" fragte Leandra, „die Hauslehrerstelle bei der bizarren Frau. Und diese schnelle Beziehung mit der jungen Frau, die so eine „interessante Figur" hatte. Vielleicht war sie ein mystisches Grabfeldluder, das einfach nur einen Mann suchte. Hölderlin war ja gutaussehend, groß und breitschultrig. Und ihre grabfelddunklen Blicke müssen auf ihn wie Hypnose gewirkt haben. Grabfeld war die richtige Bezeichnung für die Landschaft, in der er wohnte. Denn er war mit ihr in einen Graben gefallen. Vielleicht hätte ihn Charlotte von Kalb besser aufgefangen. Und weißt du, wer Wilhelmine war? Vielleicht hat sie sich der Ehe mit Kirms, wissend von seinem nahen Tod, entgegengeworfen! Zwei Jahre später hat Hölderlin mit Diotima einen Irrweg beschritten. Das Schöne altert, und die Jüngste war Diotima auch nicht mehr.

– Philosophisch ist das Schöne als Endziel eine Utopie, so wie unendlich plus eins!"

Im Fernsehen lief gerade ein Tatort, den wir uns mit Doktor Moebius und seiner Frau zusammen ansehen wollten. Der Tatort hieß: „Die Nacht gehört uns". Er war in der FAZ groß angekündigt und als „sensibel und behutsam" bezeichnet worden. Mord an einer Geschäftsfrau mit einem Sushi-Messer. – Naja, dachten wir, schauen wir also mal rein. Ein Paar, ein Mord, ein junges Paar an einem Stand mit einem rotweißgestreiften Sonnenschirm! Die Gesprächspartner siezen sich. Das Handy klingelt. Die beiden verabreden sich. – Schneller Schnitt: Eine Leiche! – Die Kommissarin! – Spurensuche, Mord mit einem Sushi-Messer! – Der Protagonist in einem Auto! – Zu schnelle Schnitte, aber der Zuschauer ist daran gewöhnt! – Wie die Seele (der Verstand?) eine Geschichte zusammensetzt: Fast wie die Erkenntnis der Außenwelt! – Der Trauergottesdienst! – Zweigespräch der Trauernden! – Plötzlich ein fast nackter Frauenarsch auf einem Video an der Wand! – Im Aufzug! Frauenbeine! Die Treppe hoch! – Im Gefängnis: Besucherraum! Das Gespräch ist eher belanglos! – Verhör: Dauert einfach zu lange! – Gespräch auf der Straße: Eine Frau und ein Mädchen! – Die Leute sitzen sich gegenüber und starren sich an wie in Ingmar Bergmans „Schweigen"! Eine Zeugin mit Maske! Zeugin nimmt die Maske ab: Ein dickes Mädchen. – Wieder Verhöre!

Das Prädikat „Tatort" genügt für einen Film! – Sofort ABSCHALTEN!!

„Wilhelmines „interessanter Figur" muss wohl die Anamnesislehre zugrunde gelegen haben", sagte ich zu

Leandra. „Nach Platon ist die Erkenntnis, auch die des Schönen, nur Wiedererinnerung an eine Zeit vor der Geburt. Ich glaube eher Freud, der die Quelle der Wiedererinnerung in die frühe Kindheit legt. Wie Hemsterhuis muss Hölderlin der Überzeugung gewesen sein, dass es eine ursprüngliche Intuition der Idee der Schönheit gibt. – Aber ich denke, man muss ein bisschen schneller denken als Platon. Die schönen Dinge (in diesem Fall ihr schöner Körper) waren und sind die Idee der Schönheit. Wie soll ich darüber nachdenken? Die eleatische Disjunktion, in der der Seins-Begriff nur den Ideen zugesprochen wird, konsequent durchdacht, hebt alles Denken auf und hebt sich selber auf, sobald uns die Vernunft zwingt, sie zu denken. Auch eine so interpretierte Ideenlehre ist in sich selbst sinnlos. Hölderlin hasste diese Frauen, die nicht nach Lotion rochen. – Aber bei dieser hier machte ihm das nichts aus. Was hier unten in Waltershausen gespielt wurde, war auch ein echter „Kir Royal". Ein paar Kilometer nördlich waren Goethe, Karl August, Anna Amalia und der Musenhof die Schickimickis von heute. Die Hauptfigur, den Reporter Baby Schimmerlos, spielte mit Franz Xaver Kroetz sogar ein echter Dichter. Und Hölderlin wäre vielleicht der Robert Musil seiner Zeit geworden, wenn er nicht krank geworden wäre. Die Gespräche müssen in der nächsten Nacht weiter gegangen sein. Bei Kant interessiert jeden nur das Unerkennbare, das Ding an sich", sagte ich, „ist die sogenannte Wirklichkeit von uns abhängig?" könnte Hölderlin gefragt haben. – Dann würde die Welt verschwinden, wenn wir nicht mehr wären. Das ist aber fast schon Scholastik. Es ist vorstellbar und auf jeden Fall denkbar! Die Grundwidersprüche, die Kant aufgedeckt hat, sind nicht Folgen der Unzulänglichkeit seiner Philosophie, sondern der reichen Konnotationen der Sprache! Begriffsklitterungen, die auf- und wieder ablösbar sind! Die Apriorität der kantischen Begriffe beweist, wenn sie genau analysiert wird, die Apriorität eines jeden Begriffes. Platons Ideen sind vielleicht Kants Ding an sich! – Ein sprachlicher Trick! – Kann man von dem sprachlichen Trick überhaupt Hilfe erwarten? Dann muss man allerdings an aller Philosophie zweifeln. Auch an allem, was durch Abstraktion gewonnen wurde."

„Auch an der Geometrie", fragte Gundula, „die Gerade, die Ebene und der Kreis sind in der realen Wirklichkeit nicht zu finden. Aristoteles hat das schon gesehen, eine befriedigende Erklärung hat er aber auch nicht gegeben. Ich gehöre aber auch einer anderen Welt an, die wahre Unendlichkeit hat, hat Kant gesagt. Raum und Zeit liegen dem schlichten Wirklichkeitsbegriff immer zugrunde. Die Dinge an sich sind unerkennbar."

„Wie kam Kant überhaupt auf diesen Gedanken? Wollte er Dinge an sich nur als Verneinungen zulassen? Leibnitz hat für die Unterscheidung zwischen der Erscheinung und dem Ding an sich das Reich der Natur und das Reich der Gnade angesetzt. Weiter konnte Kant wirklich nicht kommen. Hegel hat im Tübinger Stift gesagt, dass zwei einander widersprechende Sätze zugleich wahr sein können. Platon selbst war der Überzeugung, dass auch innerhalb der Ideenwelt unauflösbare Grundwidersprüche existieren. Der Teufel ist Logiker, hat ein Dichter gesagt, und die Existenz eines Widerspruchs zieht die Existenz aller Widersprüche nach sich. Das Unbehagen an mir selbst hat mich in die Abstraktion getrieben, hat Hölderlin geschrieben."

Traum 5

Hölderlin geht mit Wilhelmine im Dunkeln ums Schloss. Wortlos, beide mit verschränkten Armen, dann, noch dunkler, unter den Bäumen. Wilhelmine klettert über eine Mauer, Hölderlin folgt ihr mühsam. Hinter dem Haus beginnt der Garten. Sie gehen schließlich ins Schloss zurück, in Hölderlins Zimmer. Er erinnert sich an die schmalen Zärtlichkeiten von Louise Nast und Elise Lebret. Ein junges Mädchen aus dem Dorf hat eingemachte Früchte mitgebracht.

„Ich habe hier im Schloss Waltershausen in einem der alten Schränke das vergilbte Buch eines Königsberger Mathematikers gefunden", sagte ich zu Leandra, „eines Freundes von Kant, der darin die reinen Anschauungen von Raum und Zeit gegen Kants Gegner verteidigt. Das Buch stammt von Johann Schultz und heißt „Prüfung der Kantischen Critik der reinen Vernunft". Es wurde 1792 in Königsberg bei Friedrich Nicolovius verlegt. Das Mathematische an dem Buch interessierte mich nicht, aber was er sagt, zeigt, dass er das Ding an sich völlig verstanden hat. Ich zitiere ein paar Zeilen: ‚Dass die Vorstellung vom Raum eine Anschauung a priori sei, führte ich daher: ‚Weil der Raum schon an sich eine notwendige und unveränderliche Vorstellung, ein Ding ist, dessen Nichtsein oder Anderssein für uns schlechterdings undenkbar ist, da uns doch gegenteils sowohl das Nichtsein als das Anderssein der Dinge, die wir im Raum wahrnehmen, sehr wohl vorstellbar ist.'

In Paragraph neunundsiebzig deckt Schultz auf, dass besonders die Kirche gegen die Transzendentale Ästhetik, polemisiert hatte. Schultz sagt: ‚So folgt von selbst, dass der Grund und die Quelle der Erscheinungen in nichts außer uns, sondern lediglich in unserem Vorstellungsvermögen zu suchen ist, nicht dem Verstande, sondern lediglich in unserem Anschauungsvermögen existiert.' ‚Der Raum hat eine absolut notwendige und unmittelbare Beziehungen zu den äußeren Erscheinungen, und die Zeit eine solche zu allen Erscheinungen überhaupt.' Schultz hat auch schon die Rolle der Sprache gesehen, mit der Kant bei seinen Intuitionen zu kämpfen hatte: ‚Denn, die diskursive Gewissheit eines Satzes sei noch so apodiktisch; so bleibt uns doch noch immer ein Wanken, ein geheimes Misstrauen gegen die Realität und unsere Begriffe möglich.' Eine wirkliche Antwort gibt es nicht. Vielleicht arbeitete Wilhelmine mit Begriffen wie ‚Energie, Aura, Sphäre' etc., an die mein Verstand nicht heranreicht! – Und was hatte Wilhelmine bisher erreicht? – In der Familie untergetaucht, einen alten Mann geheiratet, den sie überlebte, Gesellschafterin und jetzt Hölderlin, mit dem sie sich nicht mit Begriffen kurzzuschließen suchte! Sie muss ihre nouminalen Fähigkeiten lange kultiviert haben. Aber dann sind wir wieder bei dem Geist des Sehers Swedenborg. – Dann muss sie sich aber (wenigstens nach Kant) außerhalb der apriorischen Gewissheiten von Raum und Zeit bewegt haben! – Das geht vielleicht auch durch gute Beobachtung und genaue Einschätzung des anderen. Hölderlin war ein rätselhafter Mann. Wie dem auch sei: Am Anfang werden sie sich im Schloss der Erziehung von Charlottes Sohn Fritz gewidmet haben, Ausflüge in die Umgebung gemacht haben und abends bei den Leseabenden dabei gewesen sein."

„Ganz verstehe ich Kant noch immer nicht", sagte Leandra und griff nach meinem Arm.

„Kants größte Leistung ist nicht seine Analytik oder seine Dialektik, sondern seine Transzendentale Ästhetik. Keine Begriffsphilosophie, sondern wahre und reine Meditation. Mit dem Bewusstsein begreift man sie nicht, denn es gibt Elemente des Bewusstseins, die auch der Eigenanalyse Widerstand leisten. Dass es Grundvorraussetzungen gibt, muss angenommen werden. Die Unendlichkeit der Ausdehnung von Zeit und Raum liegt nur in unserer Reflexion. Raum und Zeit gehen den Objekten nach Kant VORHER."

„Zeitlich oder bedingt", fragte Leandra.

„Kant meinte wohl beides. Es sind alles Sprachgeschichten, aber solche, die manchmal helfen! Am Ende muss man doch sagen: Es ist einfach so! Kant schreibt: ‚Es ist also nur auf eine einzige Art möglich, dass eine Anschauung vor der Wirklichkeit des Gegenstandes vorhergehe, wenn sie nämlich nichts anderes enthält, als die Form der Sinnlichkeit, dadurch ich von Gegenständen affiziert werde.' Der Raum ist nichts, sobald wir die Möglichkeit der Erfahrung weglassen. Das zeigt sich auch in dem verblüffenden Term der „Anschauung". Nicht einmal die drei Dimensionen des Raumes kann man nur mathematisch beweisen, weil man dazu die Kantschen Grundlagen braucht. Was Kant mit seiner Raumtheorie beweisen wollte, war nur deren metaphysische Ursprünglichkeit."

„Ist es die Sprache des Bewusstseins?" fragte Leandra.

„Wie es dazu kommt, dass Empfindungen zum Raum reifen, kann die Psychologie nicht erklären. Vielleicht entstand das Apriori von Raum und Zeit auch aus Not. – Weil die Psychologie keine Erklärungen lieferte! Damals nicht und heute nicht! Als Sinnlichkeit ist der Raum keine Empfindung, SONDERN ETWAS POSITIV ANDERES. Kant will das Wort ‚Anschauung' auch nicht als Begriff verstanden wissen, eher ist es irgendwas, was mit Imagination zu tun hat. Es gibt natürlich Wissenschaftler, die den Raum unter einen noch allgemeineren ‚Begriff' subsummieren wollen. Dann wäre ‚Anschauung' aber doch ein Begriff! Oder ein Nicht-Begriff! Vielleicht nehmen wir Raum und Zeit auch einfach hin. Kant hat versucht, die Implikationen dieser Hinnahme aufzudecken. Raum und Zeit sind eine die Erfahrung konstituierende Bedingung. Kant selbst ist diese Bedeutung des A priori erst allmählich aufgegangen. Das zeigen die Unterschiede zwischen der ersten und der zweiten Fassung der Kritik der reinen Vernunft. Kant muss die Erkenntnis gekommen sein, dass unsere Vorstellungen nicht empirischen Ursprungs sind, als er sich mit Hemsterhuis beschäftigte. Das Verhältnis des Bewusstseins als Bedingung der Erfahrungen wird uns immer rätselhaft bleiben. Kant hat nur das getan, was andere Begriffsstürmer vor ihm getan haben. Vielleich steckt in Kants Meditationen auch ein wenig Ideologie!"

„Also sind Räume anderer Art, die aus seinen Axiomen nicht ableitbar sind, nicht vorstellbar?"

„Nicht solange man Kantianer ist!"

„Und die Farben?"

„Die Farben reduzieren sich auf räumliche Bestimmungen, nämlich auf Schwingungsverhältnisse. Die Menschen eigentlich auch! Die Farben kommen den Körpern an sich nicht zu. Die ‚Körper an sich' sind vor ihren Farben vorhanden. Vielleicht sagt dir das etwas mehr."

„Dann wäre der Raum also das wahre Ding an sich! Und das Ding an sich ein durch Vorstellungen hervorgerufener Grenzfall! Darüber könnte man Zukunftsromane schreiben, weil man nicht ‚weiter' denken kann! Es sind eigentlich alles Gegenstände der Sprachwissenschaft und Sprachphilosophie. Aber da ‚steckt' ja auch schon Kant drin! Herder hätte sich der Sache annehmen müssen!"

Traum 6

Hölderlin bekommt sein Frühstück aufs Zimmer und liest dabei. Abends gibt es Diskussionen mit Wilhelmine. Hölderlin arbeitet an seinem Hyperion-Fragment. Ende September ist es fertig. Wilhelmine erzählt ihm viel von ihrer unglücklichen Ehe und ihrer „schlechten Mutter". Ende Oktober sagt Wilhelmine: „Ich bekomme ein Kind!" Hölderlin sagt: „Ich habe keine Lust, auf solche Weise in die bürgerliche Welt einzutreten."

„Und die Essenz der Transzendentalen Ästhetik?" fragte Leandra weiter.

„Die Axiome der Anschauung liegen jenseits der eigentlichen Philosophie. Es sind intuitive und evidente Grundsätze. Die Philosophie hat überhaupt keine Axiome. Auch die Annahme, dass die Erscheinungswelt nur in mir existiert, ist ein Irrtum. Vielleicht ist Kants ,Form der Anschauung ' doch nur Empfindung."

„Dann antizipieren wir also die Realität, die wir in der Empfindung als den Gegenstand derselben bezeichnen?"

„Entweder trifft die Empfindung das Fundament, oder sie bleibt unsolid und illusorisch."

„Dass man sogenannte Erfahrungsgesetze in mathematischen Analogien und Proportionen formuliert, ist in der Transzendentalen Ästhetik auch schon vorgegeben. Denn

Mathematik und Geometrie beruhen nach Kant auch auf den unmittelbaren ‚Gegebenheiten‘ von Raum und Zeit.“

„Und wie geht's weiter?“

„Man kann heute gegen Kant sagen, was man will: Aber er hat als erster angefangen, wirklich zu denken! – Kant hat die Transzendentale Ästhetik geschrieben, als würde er mit offenen Augen träumen.“

„Es ist also nichts als die Persönlichkeit Kants, durch die wir heute die Erkenntnistheorie sehen? – Es scheint mir eine grundsätzliche Denkwende gewesen zu sein!“

„Ja, denk doch daran, was nach ihm kam. Lauter sich bekämpfende Ideologien!“

„Wir haben nichts anderes als das Denken und die Anschauung! Das Denken ist aber immer sekundär und macht sich über das ‚Gewachsene‘ her! Die Fundamente sind vor den Axiomen da. Was Kant gemacht hat, war eigentlich keine Philosophie, sondern etwas ganz anderes! Es war eine Umkehrung. Wieso kam vor ihm keiner auf die Idee, das Wesen von Raum und Zeit in der Anschauung zu sehen? Vielleicht war es die unbewusste Anschauung des Schönen, und da haben wir wieder Platon und Hemsterhuis.“

„Nur hat Hemsterhuis nicht solch ein Aufsehen um die Sache gemacht! – Die Kritik der reinen Vernunft war aber ein Weltereignis!“

„Kant muss in dem meditativen Moment, indem er die Apriorität von Raum und Zeit ‚entdeckte‘ ein ‚Erweckungserlebnis‘ gehabt haben! – Denken war es nicht! – Sonst könnte es nicht bis heute gelten!“

„Die Erkenntnis von Raum und Zeit als Anschauung muss für Kant so gewesen sein, wie der innere Blitz beim

Anschauen eines schönen Menschen! ‚Der gestirnte Himmel über mir und das moralische Gesetz in mir.‘ – Er muss alles schon gewusst haben, als er mit seiner Mutter Hand in Hand durch die Königsberger Nacht ging! Müssen sich Erkenntnisse ‚einfach‘ formulieren lassen? – Ich glaube, ja! – Und was nützt es, dass man mit dem Pietismus eine so etikettierte Innenwelt hatte und vor Kant die Grundlagen des Erkennens nicht verstanden hat? Kant, der schrille Philosoph aus Königsberg. Seine Philosophie ist nur mit dem Begriff der Individualität zu verstehen."

„Es geht doch in der Philosophie und im gesamten Denken nicht ohne Begriffe."

„Kant konnte die Ergebnisse seiner Meditationen über Raum und Zeit in der Transzendentalen Ästhetik in keine besseren Begriffe packen, weil ihm und seiner Zeit keine besseren zur Verfügung standen. – Die, die er wählte, sind aber bis heute gut!"

„Weil die Philosophie so ‚undurchsichtig‘ und ubiquitär ist, ist sie ein gutes Mittel für Geistlichkeit und Kirche! – Besonders gut in der Erkenntnistheorie! Die gehen schnell mit und geben jetzt ganz offen zu, dass der Fortgang der Wissenschaften die ganze scholastische Philosophie und Theologie gestürzt hat! Aber die Wissenschaften, so sagten sie, vermögen uns kein Leitbild zu geben, und so kommt am Ende doch wieder die Theologie aus den Ritzen hervor. Der Papst kommt und fragt: ‚Wie kann ein Endlicher das Unendliche verstehen?‘ – Mensch und abstrakter Begriff einfach so gegeneinandergesetzt! – So was kann nur die Kirche! Aber starke Suggestion dieses Satzes und seiner Begrifflichkeit! Wie weit ist denn die

Erkenntnis heute? Auch in der Begrifflichkeit – über Kant hinaus!"

„Mein Philosophieprofessor Ernst Konrad Specht hat immer gesagt: Wir fragen, was machen die Wissenschaften da? Und keine, auch die modernsten Methoden, sind gegen skeptische Zweifel geschützt. Ich glaube schon, dass die Erfahrungswissenschaften auf denkerischen Voraussetzungen beruhen, die sich ihrerseits nicht durch Erfahrungen rechtfertigen lassen. Die Welt ist nicht völlig unabhängig vom rationalen Subjekt, das sagt Hemsterhuis schon. Und über Kant haben wir ja bereits genug gehört. Bleiben noch die psychologischen Theorien. Aber die hat Kant ja in der Kritik der reinen Vernunft schon widerlegt, beziehungsweise ‚gewendet'. Die Regeln der Logik sind durch Kants Kritik der reinen Vernunft auch unterminiert. Die neuesten Strömungen verkünden, dass man sich auch beim Apriori täuschen kann. Grundsätzlich kann der Skeptizismus natürlich überall zur Geltung kommen! Alle Überzeugungen, auch die, die durch Nachdenken kommen, können sich nachträglich als falsch herausstellen. Wie viele Theorien hat es gegeben, mit denen man Voraussagen treffen konnte, und die trotzdem falsch waren. Dass die Theorien eine vom Subjekt und dessen Verstand unabhängige Welt bilden, glaube ich nicht. Das hat Kant auch schon widerlegt. Die Wissenschaft zum Maßstab ihrer selbst? Ideologie, Meditation und Gedankenspiel. Letztendlich zählt die eigene Überzeugung und der Konsens in der Wissenschaft. Vielleicht wird sich irgendwann einmal eine statistische Sicht der Welt durchsetzen. Und inzwischen taucht die apriorische Erkenntnis bei den neueren Philosophen wieder auf. Ohne Intuition oder Imagination eines einzelnen Menschen geht es nicht! Im Grunde stehen heute nur noch Essentialismus, Konstruktivismus und Platonismus nebeneinander. Unsere Begriffe sind nicht in rebus, in den Dingen, die Begriffe werden aus dem Kopf konstruktiv und kreativ erfunden. Die neueren Philosophen stellen zum Teil Fragen wie im Mittelalter."

„Und jetzt die psychoanalytische Variante des Unerkennbaren", sagte Leandra, „Kant gibt sie dir! – Es ist deine eigene Vorstellung vom Unerkennbaren, die dich erschreckt und verwirrt! – Aber besser noch Kant als Freud! – Mit dem Apriori hat Kant das wirkliche Unbewusste zweihundert Jahre früher und besser erkannt. Wenn das Denken nicht hilft, was hilft dann? Vielleicht hielt Wilhelmine Hölderlin für einen, den man leicht täuschen kann. Die Noumena arbeiten immer mit demselben Trick! – Goethe sagt doch alles: Das Bewusstsein ist keine hinlängliche Waffe!"

„Ich fand den schönen Satz von einem Kirchenmann", sagte ich, „sprachlich vermitteltes Denken kann letztlich nur jener Wirklichkeit folgen, in der wir uns vorfinden und die allem Denken voraus ist. Trotz ihrer Unvollkommenheit haben die Philosophie und die modernen Wissenschaften ein Fenster der Erkenntnis aufgestoßen. Die, die daran zweifeln oder es übergehen wollen, hat Goethe die ,Glaubenssophisten' genannt."

Heute Abend sollte auch ein Film über einen Glaubenssophisten in ZDF Neo kommen. Es war der Film „Viridiana" von Bunuel. – Ich hatte den Film mit neunzehn Jahren im Studentischen Filmclub der Universität Bonn gesehen.

Der Film begann mit geistlichen Gesängen. Kleine Mädchenbeine über einem Springseil, daneben ein älterer Voyeur! – Ihr Onkel! – Er ging langsam durch einen blühenden Garten! – Vor dem Spiegel Viridiana: Eine schöne, junge, blonde Frau; sie zieht ihre Strümpfe aus, und man sieht ihre bloßen Beine, während die Kamera zum Orgelspiel des Onkels hinüberschwenkt. Viridiana kniet vor dem Kreuz! – Mit dem Kopftuch sieht sie noch attraktiver aus! Der Onkel mit Baskenmütze und Bart! – Sie rettet eine Wespe aus einem Wasserbecken. – Der Onkel probiert weiße Damenpumps mit spitzen, hohen Absätzen! – Viridiana im Nachtjäckchen, wirft Hostien ins Feuer und füllt Asche in den Hostienkorb! – Nur meditative Gesänge während der ganzen Geschichte! Eine stumm-religiöse Atmosphäre! – Viridiana übt mit dem kleinen Mädchen Seilspringen! – Wenig Musik, viel Stille! Ihr blondes Haar eingebunden in ein kleines schwarzes Netzkäppchen! – Viridiana im üppigen Brautkleid! Der Onkel: Eigentlich ein schöner älterer Mann! Er legt auf dem Plattenspieler geistliche Gesänge auf und reicht Viridiana eine Mokkatasse! – Viridiana sinkt in ihrem Sessel zu Boden. Vergiftet durch den Kaffee? – Kerzen anzünden! – Viridiana liegt, ganz in weiß, im Bett wie Schneewittchen! Der Onkel entblößt ihre Füße. – Ich will den Film weder sehen noch verstehen! – Übergriffe des Onkels auf die Halbtote auf Kopf und Brust. – Das kleine Mädchen hat alles gesehen! – Die alten Möbel! – Viridiana will in den Bus steigen, um wegzufahren, wird aber von Polizisten wieder zurückgeholt. Ihr Onkel hat sich erhängt. Man sieht nur seine Füße! – Ein alter Mann nimmt dem kleinen Mädchen das Springseil weg. – Viridiana hat Obdachlose und Bettler in das Landgut ihres Onkels eingeladen. Schreckliche Figuren wie eine Parodie ziehen bei Marschmusik ein. Eine obdachlose Frau mit ihrem Kind! Der Cousin mit seiner Frau zieht auch ein! Probiert die Orgel und badet seine Füße in einer Schüssel! Er ist ein viriler junger Mann mit der Pfeife, dem Symbol, im Mund! – Viridiana bewirtet die Bettler und will sie durch Arbeit „erziehen"! – Es sind viele Zwerge und Kleinwüchsige unter ihnen! Ein scheinbar „Verrückter" schleppt eine Blechdose an einer Schnur hinter sich her. Viridiana verbindet verletzte Bettler! –

Ein Obdachloser versucht, Viridiana zu vergewaltigen. Sie flieht durchs Zimmer, die Obdachlosen hindern sie daran! – Ein Obdachloser vergeht sich an ihr und wird von einem anderen von hinten mit einer Schaufel erschlagen! Die Polizei wird von Verwandten geholt!

Abends am Tisch. Viridiana sitzt, der Cousin steht! Viridiana zieht einen Spiegel aus der Schublade und betrachtet sich darin! – Man sieht plötzlich das kleine Mädchen mit einer Dornenkrone auf dem Schoß. Der Cousin sitzt mit seiner schwarzgekleideten Frau in einem Zimmer. Viridiana kommt herein!

Traum 7

*Nach Oktober wird es kalt. Hölderlin hat
keine warmen Sachen. Wilhelmine näht ihm
eine Winterjacke aus Flanell. Ende Oktober
geht er mit Charlotte und ihrem Sohn nach
Weimar und Jena. Hölderlin hört Fichte.
Hölderlin lernt Sinclair kennen, einen schönen Mann. Der überredet ihn, mit ihm in ein
Gartenhaus bei Weimar zu ziehen. Hölderlin
fühlt sich dort aber bald eingeschränkt. Es
zieht ihn jeden Tag in die Lesegesellschaft.*

Ich dachte lange nach und sagte: „Man erkannte zwar,
dass Voraussetzungen, die nicht aus der Erfahrung stam-
men können, für den elementarsten Erfahrungsgewinn
nötig sind. Kant wusste aber, dass jede vernünftige Frage
die Kategorien der Vernunft nur voraussetzt. Der Aber-
glaube, dass wir mit der Trennschärfe unserer Begriffe
der sogenannten Realität näherkämen! Kant wurde auch
umgebogen. – Man versuchte, sein Denken stammesgeschichtlich zu untermauern, um das Bewusstsein abzu-
werten. – Tatsächlich bestimmen sogenannte „Urteile im
Voraus" unser Leben, vielleicht sogar unser Denken. Kant
meinte aber mit seinem Apriori etwas ganz anderes. Ihm
geht es um viel mehr als um die biologischen Grundlagen unseres ratiomorphen Apparats. Kant geht es um das,
was Hemsterhuis angestoßen hat. Und selbst wenn man
der Biophilosophie folgt, kommt man immer wieder auf

Hemsterhuis' und Kants philosophische Grundsatzfragen zurück. Konnte das Denken überhaupt weiterkommen? Hat Kant wirklich etwas herausgefunden, das stammesgeschichtlich bedingt war? Am 21. Mai 1794 schreibt Hölderlin aus Waltershausen an seinen Bruder: „Meine einzige Lektüre beinahe ist Kant jetzt. Immer mehr enthüllt sich mir dieser herrliche Geist." Und am 8. Juni 1794 an seinen Schwager Breunlin: „Ich teile mich jetzt, was das Wissenschaftliche betrifft, einzig in die Kantische Philosophie und die Griechen, suche wohl auch zuweilen etwas aus mir selbst zu produzieren." Und Hemsterhuis hatte die erfahrungswissenschaftlichen Grundlagen für Kants geniale Philosophie gelegt. Für Hölderlin war die Kritik der reinen Vernunft auch eine Psychologie, eine Metapsychologie, die ihn im Denken (auch über andere) vorwärts brachte! Was Kant bei Hölderlin auszeichnete, war nicht dessen Systematik, sondern seine Originalität! – Ja, Originalität! – Originalität als Erkenntnisbasis! Und dass Aprioris aller Art in die sogenannten Wissenschaften eingehen, lässt sich überhaupt nicht vermeiden! Wenn man diesen Gedanken weiterspinnt … – Vielleicht gibt es ja auch ein In-Geschichten-Denken-Apriori! Das erste Narrativ kommt wahrscheinlich aus der Familie! – Kant war der Sohn eines armen ostpreußischen Riemenmachers. – Aber nicht nur das Apriori, auch die Begriffe durchlöchern das Denken! – Mit ihren Konnotationen, Assoziationen, Anspielungsnetzen, Deutungsmöglichkeiten, Grenzübergängen: zumindest deren assoziativen Möglichkeiten! So konnte Hölderlin zu Fichte kommen, der gesagt hatte: „An Realität überhaupt, sowohl die des Ich, als des Nicht-Ich findet lediglich ein Glaube statt."

Hölderlin wollte mehr wissen von der Philosophie … und landete in einer Sekte! – Dem deutschen Idealismus! Mit Kant waren Philosophie, Wissenschaft und Theologie endgültig abgetan! Wilhelmine Kirms war ebenso keine Unerkennbare wie vielleicht Leandra. Ist das die Lösung des Rätsels? Hölderlin WOLLTE sie gar nicht erkennen! – Warum musste er den Umweg über Kant gehen? War die Kritik der reinen Vernunft letztlich doch nichts anderes als kluge Gedanken? – Gibt es auch heute nicht Leute, die das Buch gerne abtun würden? Wenn man sich, wie diese Menschen, krampfartig und begriffsklitternd, an Kant heranmacht, bekommt man keine Ahnung von seiner „Vision"! Im Grunde sagt Kant: Es gibt überhaupt keine Autorität, die maßgeblicher für mich ist als ich selbst! Hölderlin war ein Dichterphilosoph und Hymnenverfasser, der zu früh aufgegeben hat!

Selbst Einstein hält daran fest, dass die Welt eine räumliche Struktur hat. Er lässt mehrere Geometrien zu, entscheidet sich aber dafür, dass die Welt einen Riemannschen Raum darstellt. Riemann war Herbartianer. Und der Raum bildet für Riemann nur den besonderen Fall einer dreifach ausgedehnten Größe. Riemann gebraucht selbst das Wort „rätselhaft". Wenn der Raum von unserem Denken, und nicht von der Anschauung (wie Kant sagt) konstruiert wird, sind drei-, vier-, fünfdimensionale Räume denkbar und konstruierbar.

Ich glaube, ich verstehe ein bisschen von Einsteins Relativitätstheorie. Aber sie ist nach Riemanns Vorstellung im Kopf konstruiert worden. Riemann ignoriert einfach die erkenntnistheoretische Bedeutung der Kantschen Anschauungsform. – Wie alle großen Begriffsumdeuter!

Axiome interessierten ihn nicht, denn Geometrie, Mathematik und Physik sind „von unten" gewachsen. Eigentlich sind Räume, auch der Riemann-Raum, eine Schimäre. Oder eine Verdinglichung des Begriffs! Denk dir was, aber stell dir nichts dabei vor. Ich kann mir nicht vorstellen, dass Riemann- und Hilbert-Räume, also pseudo-sphärische Räume, nicht in einer Analogie zur Kantschen Raumvorstellung gebildet werden können. Helmholtz sagt dazu: ‚Wenn aber Räume anderer Art in dem angegebenen Sinn vorstellbar sind, so wäre damit auch widerlegt, dass die Axiome der Geometrie notwendige Folgen einer a priori gegebenen Form unserer Anschauung seien.' Vielleicht konnte Wilhelmine den kantischen Raum überwinden wie Riemann! Natürlich kann man den Raum durch Gedanken überwinden. Das wussten die Inder schon vor zweitausend Jahren!"

„Man kann Grundwidersprüche nicht durch Denken lösen", sagte Leandra, „Kant hat die Aporien durch Imagination und Intuition gelöst. Aber Kants Denken führt mittelbar auch in Riemann- und Hilbert-Räume."

„Ist das falsch?"

„Falsch oder richtig ist in der Philosophie entweder Konsens oder Sprachanalyse. Jedenfalls hat sich die Riemannsche Raumtheorie vom Anschauungsbegriff zurückgezogen und ist in eine verrechnete Imagination geflüchtet. Und irgendwann muss Riemanns Raumvorstellung, auf die sich Einsteins Relativitätstheorie gründete, anwendbar geworden sein."

Am Ende unseres Aufenthalts in Schloss Waltershausen begann Doktor Moebius vom Krieg zu erzählen, und wir sahen uns gemeinsam noch einmal den Film „Ich war neunzehn" von Konrad Wolf auf DVD an. – Der Titel des Films hatte mich schon immer magisch angezogen. – Mit neunzehn war ich gerade auf die Uni geschickt worden. – Massenuni in Bonn, schon damals seelenlos. – Aber ich kämpfte mich heraus! – Mein Gott, der Film „Ich war neunzehn" zeigte mir, was an mir vorbeigegangen war und was mich doch nicht hatte überholen können! – Ein ganz starker Episodenfilm, der beide Seiten, die Nazis und die russischen Sieger, mit einem Verständnis zeigte, das ich noch in keinem Buch gelesen hatte. Der Film begann mit dem Blick auf einen See, man hörte vom Grammophon: „Warum weinst du, schöne Gärtnersfrau?" Im Krieg siegt die Ideologie, es gibt nur schwarz und weiß! Soldaten: Geduckt! Kamerafahrt durch eine Straße, brennende Häuser. Leutnant Hecker wird zum General ernannt. Jaecki Schwarz salutiert und gibt seinem General Antwort. Jaecki Schwarz wurde später Tatortkommissar. Die russischen Soldatinnen, die auf der Straße den Verkehr regeln! Jenny Grölmann: Ganz jung. Der alte Nazi bietet Wein an! Der russische Soldat trinkt ihn! – Wenn die Aufnahmen authentisch sind, braucht man keine Kohärenz der Handlung zu erzwingen. Die Sympathie verdrängende Unterhaltung zwischen dem Soldaten und dem Mädchen. Die russischen Soldaten beschimpfen die deutsche Jenny Grölmann: „Jetzt haben sie Angst!" Junge Menschengesichter sind in jedem autobiografischen Film faszinierend. Zum Frühstück gibt es erbeutete Bratwürste, die der junge Soldat sich triumphierend um den Hals hängt! Jaecki Schwarz ist vollkommen authentisch. – Aber wohl nur als junger Mann! Der Film bringt mein Wertesystem durcheinander; kann man Nazis überhaupt „verstehen"? Die Marxisten auf jeden Fall! Positive Wertung kommt nur durch die ideologische Position! – Die Henker sagen aus. Die Mordmaschinen! Die Genickschussfalle! Ich habe sie in Buchenwald selbst gesehen. Auch die Köpfe von Alt und Jung sind faszinierend. Die Großaufnahme der Uniformtasche: Citizen Kane! – In dem was ich mitschreibe, entsteht eine ganz neue Kohärenz! – Wie der gefangene Deutsche rücklings die Strickleiter herunterklettert. Die Befragung! – Der ältere Mann mit der Brille toll gefilmt in Großaufnahme! Licht- und Schatten-Szenen, von oben gefilmt. Wie in „Der dritte Mann". Konrad Wolf konnte wirklich alles! Käutner hat hier Gesichter, Text und Uniform geklaut! Ganz schrecklich: Die deutschen Generäle in dem Kellergewölbe! – Die Nazis und der junge deutsch-russische Soldat, es rührt mich trotz allem! Der Deutsche lässt die zwei gefangenen jungen Russen frei! Ich weiß nicht, ob der Film in der damaligen Bundesrepublik gezeigt worden war. Alltagsszenen aus dem Krieg, aber keine Greuel! Der Regimentsbäcker, der die dreitausend Plätzchen einzeln zählt! Der Tisch mit den Antifaschisten im großen Saal wie Leonardos Abendmahl! Da hat sich auch Hitchcock bedient. Die russischen Soldaten spielen Domino im Freien. Individuelle, sympathische, aber Kriegsgesichter. 3. Mai 1945: Das Wort „Verluste"!! – Die feindlichen Kolonnen werden „zerschlagen". Die Wirksamkeit der Musik als Klangkulisse: Warum weinst du, schöne Gärtnersfrau? Ännchen von Tharau, Radetzkymarsch. – Der Film war so gut wie zu Ende. Wir nahmen die DVD aus dem Gerät und legten uns für unsere letzte Nacht in Waltershausen ins Bett.

Traum 8

Hölderlin lernt Sophie Méreau kennen, weiß
aber, dass es bei einer Zufallsliebschaft blei-
ben muss. Abends hört er Fichte. Er geht auf
Soirées. Hölderlin kann sich nur eine Mahl-
zeit am Tag leisten. – Sinclair hält Hölder-
lins Wutanfälle nicht aus. Hölderlin wandert
zu seiner Mutter nach Nürtingen.

Ich stellte mir vor, wie Hölderlin über Wilhelmine nach-
denkt: Auf welchem hohen Level ich gedacht habe.
Gleich von Anfang an hat sie das Ruder in die Hand
genommen. – Die Bilder, die ich liebte, gefielen ihr nicht.
Sie hat ihr Selbstbewusstsein. Sie ist davon überzeugt,
dass alles nur durch Macht entschieden wird! – Goethe hat
geschrieben, man müsse wissen, „worauf die Menschen
hinauswollen und wie sie sich dabei maskieren"! Ich sagte
ihr das, und als sie zustimmte, dachte sie wahrscheinlich
zuerst an sich selbst. – Ich sehe keine andere Möglichkeit,
als ein epochemachendes Buch zu schreiben. Aber ich
schreibe nichts mehr, was nicht in einem Almanach veröffentlicht wird. Es war so bequem, diese Beziehung hier im
Haus! Und nicht hinterfragt! – Gestern sagte sie: „Du bist
viel vernünftiger als ich!" – Das weiß sie und macht trotzdem weiter! Alle meine Gedichte waren Befreiungen! –
Ich täusche auch! – Nein, ich wehre mich nur! – Gegen
was? Gegen verdeckte Machenschaften! – Jena und Weimar werden mich ändern. – Der Mensch verändert sein

Bewusstsein auch in einer relativ kurzen Zeit! – Deswegen ist es richtig, den festen Entschluss zu ergreifen! – In jeder Minute kann sich mein Bewusstsein ändern! – Ich weiß, was die Zeit bewirkt! – Die Seelenwäsche ist nicht umsonst! Ich war bisher immer Sieger! – Die reine Vernunft muss man wirklich kritisieren, denn in Wilhelmines Bereich kommt sie nicht hinein! Da bekomme ich eine fremde Welt entgegengeworfen und soll mich noch mit dieser „auseinandersetzen"!

Ad absurdum? – Das Geheimnis der Macht, auch über andere, besteht darin, in seiner eigenen Welt zu bleiben! – Die Gedanken, die ich mitteile, versteht sie. Aber es geht für sie auch ohne Gedanken. – Ich merke: Zuviel Analytik hindert am Arbeiten! – Es gibt kein „richtig"! Es gibt auch keine politikfreie Kunst! Wenn Schiller mich nicht empfiehlt, lande ich im Niemandsland. Es finden sich immer Leute, die den Mächtigen nach dem Mund reden. Und die sammeln dann diese Leute um sich. – Mit Begriffen kommt man einem Menschen nicht bei, das weiß Wilhelmine seit ihrer Kant-Lektüre. – Im Grunde hat sie auch die Kälte der Charlotte von Kalb! Vielleicht sagt sie auch so wenig zu meinen Hymnen, weil sie es nicht KANN! – Sie macht auch keinen Hehl daraus, dass der andere wissen soll, mit wem er sich eingelassen hat! Sie verliert sich im ziselierten Denken, aber dieses Denken verliert sich im Nichts, weil es die Entscheidung nur weiter hinauszögert! – Jetzt bin ich auch schon von dem Furor getroffen. – Jedenfalls wird das in Jena anders werden! – Die Welt hat sich nach der Französischen Revolution verändert, also muss ich mich auch verändern! – Warum schreibe ich so viel? Um mich von meinen Illusionen freimachen! Aber das Unbewusste ist manchmal ziemlich verrückt. – Die Menschen lernen schnell, auch über MICH! – Durch die menschliche Wahrnehmung werden „die Dinge an sich" verzerrt! – Welche Wahrnehmung sieht sie „richtig"?

Wilhelmines Wesen ging mir erst nach der Lektüre von E.T.A. Hoffmanns Erzählung „Der Sandmann" auf. – Nathanaels „Perspektiv" (sein Fernrohr) in E.T.A. Hoffmanns „Sandmann" zeigt Hölderlin fünfzig Jahre später die Automatenfrau in der Traum- und Wunschwelt seines eigenen Inneren. Wilhelmine hatte so gut wie nichts aus ihrem Leben erzählt und eignete sich zur Projektionsfläche. Es fehlte nur noch der Satz: „Was bedeutet das für dich?" – Und ihre zweideutigen Augen strahlten Hölderlins eigene Sehnsucht zurück! Nathanaels Perspektiv ist das dämonische Medium, mit dem ihn die feindliche Macht in den Wahn treibt! – Aber sie muss damals, heute nicht mehr, Mittel besessen haben. Und die „Augen" in Hoffmanns Erzählung erinnerten mich an einen Artikel im „Stern" aus dem Jahr 1978, in dem einer der argentinischen Junta-Folterer zu seinem Opfer sagt: „Ich werde dir die Augen ausreißen und dir meine einsetzen! – So wirst du gezwungen sein, mit meinen Augen zu sehen!" Ich wusste aber auch tief in meinem Inneren, was hinter Wilhelmine stand. Sie war ein traumatisiertes, verletztes Kind, das in Hölderlin, ihrem Partner, zum Teil ihren Zerstörer sah. Sie dachte, Hölderlin sei nicht so stark wie sie, und versetzte sich tagträumend in andere Gegenden. Hölderlin war das große Ohr, in das sie alles hineinschüttete. Manchmal wollte sie auch einfach nur die Macht der Verneinung auskosten!

Die fünfzig Minuten waren um. George L. sah auf seine Uhr und stand auf, um mich zu entlassen. „Sie haben viel erzählt", sagte er, „besser kann man sich nicht verabschieden. Bleiben Sie bei Hölderlin, und denken Sie daran, was Charlotte von Kalb über ihn geschrieben hat: „Dennoch hat sein Geist eine Höhe erstiegen, die nur ein Seher, ein von Gott Belebter haben kann. Ich könnte viel von ihm sagen." – Ich ließ noch einmal den festen Händedruck meines Coachs über mich ergehen, stolperte die Treppe hinunter und fuhr zurück in meine Stadt.

Wieder zu Hause, gingen wir zu meinem Bücherregal und zogen ein alternatives Buch heraus. Beim Lesen ging uns auf, dass Hölderlin mit Wilhelmine an ein Wesen geraten war, das nur mit Bildern und Symbolen arbeitete. Die Außenwelt existiert nur im Subjekt, und wenn ich das Subjekt beeinflusse, beeinflusse ich auch die Außenwelt. Undeutlichkeit ist auch gut! Wilhelmine muss ihre Gedankenwelten auf andere übertragen haben können und sich ihrer Fähigkeiten schon als Kind bewusst gewesen sein. Das Gespräch mit George L. hatte mir sehr geholfen.

Wilhelmine war eine Fledermaus. – Über den Raum wissen wir nichts! – Über die Zeit wissen wir nichts! – Vielleicht können wir diese beiden Erscheinungsformen nur fingieren und geraten schon bei den Wörtern in einen hypnoiden Zustand! Der lange Weg hatte sich gelohnt! – Wenn man Kant wirklich verstanden hat, ist man ein anderer geworden! – Hölderlin war hellsichtig geworden. Kant hat das wahre Unbewusste entdeckt. – Die Kritik der reinen Vernunft war auch ein bisschen Hypnose. – Sein Buch hatte aber viel bewirkt, was Kant eigentlich nicht gewollt hatte.

Wir machten den Fernseher an, und bei One kam um zweiundzwanzig Uhr noch einmal „Ekel" von Roman Polanski.

Carols Auge, die von Cathérine Déneuve gespielt wird, in Großaufnahme. Erinnert sehr stark an den andalusischen Hund. Cathérine Déneuve, ganz jung und toll! Im Schönheitssalon liegt eine Frau wie auf dem Totenbett, ihre hingestreckte Hand und ihre Gesichtsmaske! – Carol geht allein durch London: Großaufnahme. Das Blickgespräch mit ihrem Verlobten durch die Glaswand! Fotografiert wie von Hitchcock. Wunderbare Cuts vom Weitwinkel zur Großaufnahme. Ein Film wie ein Nouveau Roman! Cathérine Déneuve schaut wie Polanski später selbst in seinem Film „Der Mieter". Die Totale von oben und die Kamerafahrt durchs Zimmer, die auf dem Familienfoto hängenbleibt. Carols Filmgesicht im Liegen! Repulse! Erst die totale Musiklosigkeit, dann die Jazzgitarre. Wer spielt sie? Die beiden Schwestern: schwarz und blond! Als Carol durch London geht, merkt man, dass Cathérine Déneuve eine ganz starke Frau ist! Alle Typen um sie herum echt und lebenstreu! Da kommt Hitchcock teilweise nicht mehr mit! Carol braucht nur ein starres Gesicht zu machen, alles andere tut die Kamera! Carols Zähneputzen nach dem aufgedrängten Kuss! Es ist der totale Voyeurismus! – Das Waschbecken ist aus Hitchcocks „Spellbound". Auch das Rasiermesser, das Carol in der Hand hält! Um sie herum lauter Symbole: Ihr Auge, der Lüftungsschacht, der Riss in der Wand! – Geniale Schwarzweißbilder im Schönheitsstudio, besser als von Hitchcock. – Das Kaninchen in Carols Handtasche! Vielleicht ein symbolischer Embryo. – Der Blick durch den

Türspion: Das verzerrte Gesicht ihres Freundes draußen! Er ist eingedrungen! Sie stehen Rücken an Rücken, und sie hält einen Kerzenleuchter in der Hand. Säbelt ihm diesen ein paar Mal auf den Hinterkopf. Sie verriegelt die Tür mit einem Brett. Danach den toten Freund in die volle Badewanne. Ihre Konvulsionen hinterher im Bett! Aus der Wand kommen Hände, die ihr an die Brust greifen. Das Telefon wird gekappt. – Ein Polizist oder der Hauswirt versucht einzudringen. Er tritt die Tür ein. ER ist in der Wohnung. Sie ist im Negligé mit nackten Oberschenkeln! Sie ermordet ihn, als er sich ihrer bemächtigen will. Man kann auch mit Perversionen einen Film machen: Finale Furioso! Ihr Lippenschminken ist wie eine Kriegsbemalung! – Wie in Godards „Weekend"! Wieder brechen aus den Wänden Hände und greifen nach ihr. Ihre Schwester kommt mit ihrem Freund zurück in die Wohnung: Im Regen, in Regenmänteln! Schreck und Nervenzusammenbruch! Konvulsionen! Die glotzenden Nachbarn! Wie in Hitchcocks „Ich beichte". Es fehlt nur noch die Frau, die mitten in der glotzenden Menge in einen Apfel beißt. Das Wegtragen des leblosen Körpers: Maria Magdalena im Negligé! – Da ist ein Jugendfoto von Carol und wieder ihr Auge! – Entdeckt ihre absolute Negativität! –Vielleicht sogar das Böse!

Wir sahen im Anschluss noch „Odyssee im Weltraum" von Stanley Kubrick. Die Hälfte des Films war schon vorbei. Der Zuschauer musste denken, dass der Computer an Bord eine Seele hatte. Ein Computer, der sich ärgert! – Gibt's das überhaupt? Er müsste doch ein Limbisches System haben, und alles, was vom Tier kommt. Tolle Bilder: Der Raum und das gleitende weiße Raumschiff.

Nach dem vielen Kant war das genau das Richtige. Die Zwischenschnitte mit den Vormenschen, die sich kaum anders verhalten als der Computer. Wie sie um den stählernen Obelisken tanzten, scheinbar ihr Goldenes Kalb, Fetisch oder Gott, von dem sie nur in ihrem Inneren etwas vernommen haben konnten. – Dann wieder ein Schnitt. Es war eine sauerstoffleere Atmosphäre da oben, und der Astronaut glitt hindurch.

Der Film war zu Ende. Vielleicht war Wilhelmine auch fremd auf der Erde und hatte sich geirrt, und ihr Leben war ein Anrennen gegen die Hilflosigkeit und gegen die Traumatisierung ihrer Familie! Wir schliefen dann ruhig ein! – Ritt über den Bodensee!

Jens Korbus studierte Germanistik und Philosophie in Bonn und Düsseldorf. Mitarbeit an der Uni Düsseldorf und am Heine-Institut. Gymnasiallehrer und Mentor in der Referendarausbildung.
1988 erster Preisträger beim Fachinger Kulturpreis für seinen „Brief an Goethe". Er ist mit vielen literarischen Veröffentlichungen hervorgetreten. Davon 8 Erzählungen über Goethe, sein Umfeld und Motive aus seinem Werk.
www.jenskorbus.de

Weitere Bücher von Jens Korbus

Kleist · Goethe · Hölderlin
96 Seiten
ISBN 978-3750434172
€ 8,90 (Taschenbuch)
€ 2,99 (Ebook)

Das Geschenk & Karlsbad tanzt
Zwei Erzählungen über Goethe
84 Seiten
ISBN 978-3749433322
€ 8,90 (Taschenbuch)
€ 2,99 (Ebook)

Mein Goethe
396 Seiten
ISBN 978-3752832297
€ 15,90 (Taschenbuch)
€ 6,49 (Ebook)